마녀에게 목줄은 채울 수 없다

Can't be put collars on witches.

저자 ── 유메미 유리   Illus. ── 와타

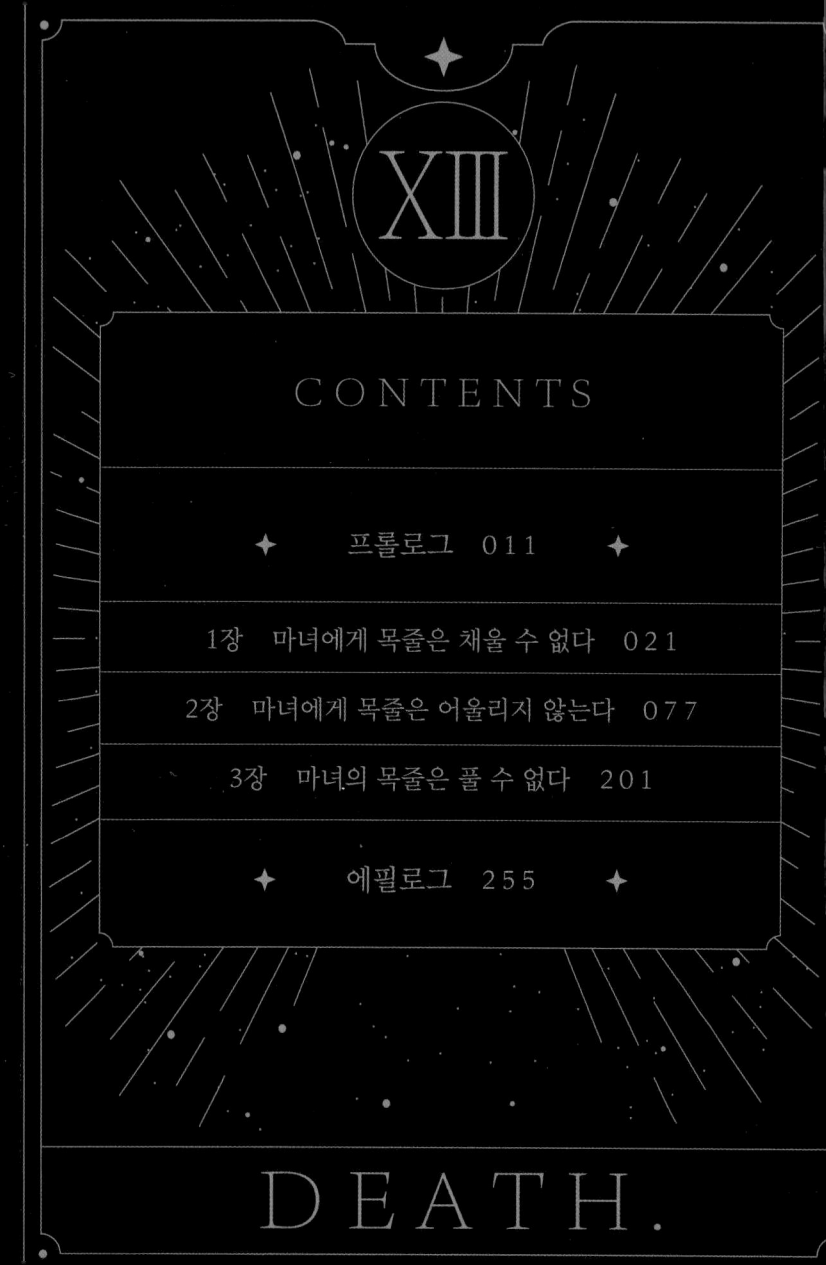

XⅢ

CONTENTS

DEATH.

마녀에게 목줄은 채울 수 없다

Can't be put collars on witches.

저자 === 유메미 유리   Illus. === 와타

Can' tbe put collars on witches.

Written by Yuri Yumemi   Illustrated by Wata   Cover Design by Kaoru Miyazaki (KRAPHT)

프롤로그

나쁜 짓을 하면 마녀가 찾아온다.

이 나라에서는 어른이 아이에게 그렇게 말하며 훈계한다. 마녀는 나쁜 존재니까 나쁜 짓을 하면 불러들이게 된다고. 어른들은 제 자식이 못된 장난을 치지 않도록 아주 무섭게 말하며 겁을 줬다.

하지만 역시 그건 그저 전래 동화에 불과하다는 것을 로그는 아주 잘 이해할 수 있었다. 왜냐하면—.

이곳에 마녀는 오지 않았기 때문이다.

"얼른 돈을 담아! 죽여 버린다?!"

카운터 안쪽에서 복면을 쓴 남자가 마법서를 한 손에 든 채 호통치고 있었다. 젊은 여성 은행원이 양손 가득 돈다발을 끌어안고서 달려오는 것이 보였다. 당장에라도 울 것 같은 얼굴로 돈다발을 주머니에 던져 넣고 왔던 길을 돌아간다.

이어서 왼쪽 입구를 보면 경비원이 『녹아 버린』 흔적이 있었고, 정면을 보면 복면인 세 명이 어슬렁거리고 있었다. 물론 로그를 포함해 벽 쪽에 있는 고객들을 감시하기 위해서였다.

로그 마카베스타는 몇 번째인지 알 수 없는 한숨을 쉬었다.

이곳에는 그저 돈을 인출하러 온 것이었다. 그런데 왜 강도 사건에 휘말린 걸까. 열악한 치안에 기가 막혔다.

로그가 기억하기로 은행 강도 사건은 올해 들어 다섯 번 일어
났다. 단독 범행을 포함하면 60건은 여유롭게 넘는다.

아니, 알고 있다. 전부 〈마법〉 탓이다.

점심을 먹지 않았기에 배가 꼬르륵거려서 로그는 또 한숨을
쉬었다. 진짜 재수가 없다.

"야, 너! 그 태도는 뭐야?"

부르는 소리에 고개를 드니 감시원 한 명이 로그를 노려보고
있었다.

"쓸데없는 짓 하지 마! 지금 당장 죽고 싶어?!"

"······."

경고 삼아 마주 노려보았다.

위협적인 모습을 보이려 한 것이었지만 로그의 얼굴로는 역효
과만 준 것 같았다. 감시원의 이마에 핏대가 서는 것이 보였다.

멱살을 잡혀 강제로 일어나게 되었다. 감시원이 침을 튀기며
소리치더니 오른손을 치켜들었다.

"내가 안 건드릴 것 같아?! 죽여 버리겠어!"

오른손에는 각인이 새겨진 원반이 들려 있었다. 이 타입은 손
잡이가 달려 있어 다루기 편한 데다가 각인을 새기는 범위가 넓
어서 『무성인(無聲人)』 범죄자들이 애용했다. 새겨진 마법은 분
명 〈액상화〉나 그와 비슷한 종류일 것이다.

원반이 빛나기 시작했다. 광선의 속도는 총알보다도 빠르다.

발사되고 나면 피할 수 없다. 그래서 로그도 어쩔 수 없이 반격하기로 했다.

오른손 장갑에 힘을 주고.

발을 내디뎌—.

"브헤악!"

원반과 함께 감시원의 얼굴을 후려갈기자 감시원은 몇 미터쯤 날아갔고, 소리를 한 번 꽥 지른 후 움직이지 않았다.

"무슨 짓이야!"

동료가 당한 것을 알아차린 남은 복면인들이 곧장 로그에게 마도구를 겨눴다. 은행을 점거했을 때의 능숙한 솜씨를 보면 이미 몇 번이나 강도질을 했을 것이다. 수배서도 발부되어 있을 것이 틀림없다. 요컨대 체포해야 하는 흉악범이란 거다.

"⋯⋯나는 비번이라고."

그렇게 말하고서 로그는 옆에 있던 책상을 잡았다.

복면인들이 마법 발동 동작에 들어가기 전에 책상을 양손으로 들어 올려 그들에게 던졌다. 날아오는 책상을 피하지 못하고 복면인 두 명이 날아갔다.

자, 그럼⋯⋯.

바닥에 뻗어 있는 복면인 세 명을 흘낏 보고 카운터 안쪽으로 향했다. 본인이 위협하던 은행원과 함께 입을 쩍 벌리고 있던 마지막 복면인이 로그와의 거리가 5미터 정도로 줄어들자 마침내 정신을 차리고서 은행원을 제압했다.

"그, 그 이상 오지 마! 이 녀석을 죽이겠어!"

로그는 어이가 없었다.

"느긋하게 마법을 쓸 여유가 있을 것 같아? 아까 동료들이 어떻게 당했는지 못 봤어?"

"시, 시끄러워! 이게 있어!"

강도가 꺼낸 것은 단검이었다. 보아하니 마법 가공도 되어 있지 않은 평범한 단검.

"그만둬. 다치기만 할 거야."

"시끄러워, 수사관! 입 닥쳐!"

강도의 말을 듣고 로그는 눈썹을 찌푸렸다.

"알고 있었어? 내가 수사관이라는 거."

"젠장! 모를 리가 없잖아! 너희 수사관 놈들은 항상 우리를 방해하지! 범죄자에게 자유는 없다는 거냐!"

"……자유는 있겠지. 하지만 네가 인질로 잡고 있는 그 사람의 자유는? 그건 무시해도 된다는 건가?"

"타인 따위 알 바 아니야! 냉큼 거기서 사라져!"

복면인이 단검을 은행원의 목에 겨눴다.

"히이이익!"

은행원이 마침내 비명을 지르며 끌어안고 있던 돈다발을 우수수 떨어뜨렸다. 그 거동이 마음에 안 들었는지 복면인이 거친 숨을 내쉬며 칼끝을 은행원의 목에 댔다. 얇은 피부가 찢어지면서 순식간에 피가 맺혔고 목에서 셔츠로 빨간 선이 만들어졌다.

그 모습을 보며 로그는 목소리를 낮추고 오른손을 주머니에 넣었다.

"……이게 마지막 경고야. 인질을 풀어 줘."

"움직이지 말라고 했잖아!"

복면인이 호통쳤다.

"풀어 줄 마음은 없는 건가?"

"말 되게 많네! 지금 당장 이 녀석의 목을 따 주겠어!"

교섭 결렬이다.

그 순간, 쿵 소리가 나며 복면인이 쓰러졌다.

로그가 주머니 속에서 날린 동전이 복면인의 이마를 직격한 것이다.

구멍이 난 바지를 보고 로그는 혀를 찼다.

"이 바지를 더 이상 못 입게 됐잖아."

이어서 단말을 손에 들고 경찰에 전화를 걸었다.

"이레일 지부의 로그 마카베스타다. 3구의 프뤼베 거리에서 은행 강도가 발생했다. 범인은 4인조. 전원 처리했으니 당장 회수하러 와 줘. 그리고 의료반도 부르는 게 좋겠어. ……뭐? 처리했다니까 그러네."

통화를 끝내자 은행원이 말을 걸어왔다.

"저, 저기, 로그라면……!"

무슨 일인가 싶어서 단말을 주머니에 넣고 은행원에게 몸을 돌렸다. 방금 강도에게 습격당한 것치고는 목소리가 유난히 밝았다. 안 좋은 예감이 들었고, 그것은 적중했다.

"〈피투성이 로그〉…… 씨, 인가요? 구해 주셔서 감사합니다!"

은행원은 그렇게 말했다.

내심 넌더리가 났다. 이런 곳까지 그 이름이 퍼져 있을 줄이야.

범죄자를 맨손으로 때려잡아 온몸에 피를 뒤집어쓰기에 〈피투성이 로그〉. 하지 말라고 하는데도 다들 로그를 그렇게 불렀다. 로그는 뒤집어쓰고 싶어서 피를 뒤집어쓰고 있는 게 아닌데.

"로, 로그 씨가 구해 주시다니 영광이에요! 나중에 사인받을 수 있을까요?"

방금 막 죽을 뻔했으면서 참 태평했다.

"미안하지만 난 연예인이 아니야. 사양할게."

"죄, 죄송해요. 하지만 다음에 만나면 사인해 주실래요?"

"생각해 둘게."

'그런 날은 영원히 안 오겠지만.'

머지않아 로그는 관리직으로 승진할 예정이었다.

현장의 최전선에서 수많은 마법 범죄자를 검거한 공적을 인정받았기 때문이다. 〈참수마〉〈두 번째 알렌〉〈풍우〉〈늪남자〉…… 전부 잡는 데 애먹은 범죄자다. 떠올리기도 싫은 개차반들.

하지만 그런 녀석들을 보는 것도 오늘이 마지막이라고 생각하니 속이 시원했다. 바닥에 나뒹굴고 있는 녀석들과도 이제 상종할 필요가 없다. 로그는 밖에서 울리는 사이렌 소리를 듣고 콧방귀를 뀌었다.

◇

예전에 귀족이 독점했던 〈마법〉은 근대화의 흐름과 함께 민중에게 알려지게 되었다.

열을 발생시키는 〈착화〉.^{히트}

물체를 부유시키는 〈우화〉.^{플라이}

육체를 치유시키는 〈재생〉.^{리제너레이션}

〈마법〉은 이계의 현상 그 자체다.

〈말〉이나 〈문자〉로 명령을 전하기만 하면 원하는 대로 〈마법〉은 움직여 준다. 문자 그대로 〈마법〉을 쓰는 것이다. 특별한 재능 같은 것은 전혀 필요 없고, 마법서의 지시를 따르면 유아 조차 〈마법〉을 행사할 수 있었다. 그 낮은 문턱 때문에 〈마법〉은 눈 깜짝할 사이에 퍼졌다.

민중은 굶주림과 질병을 극복하고 손을 맞잡이 풍요로운 시대를 구축했어야 했다.

하지만 〈마법〉이라는 『편리』한 것이 악용되지 않을 리가 없었다.

물체를 파열시키는 〈팽창〉은 금고를 부수는 데 쓰였다.^{펑크}

겉모습을 바꾸는 〈변화〉는 사기에 쓰였다.^{모델링}

전기를 발생시키는 〈전광〉은 유산 상속 싸움에서 사람을 살상하기 위해 쓰였다.

범죄율은 순식간에 증가했고 세계는 범죄자의 것이 되었다.

그중에서도 『2대 귀족』이 통치하는 라스 리르테 황국은 인구 밀도 대비 범죄자의 수가 많아서 범죄자의 온상이라고 불리게 되었다.

치안은 최악. 낮이든 밤이든 여성과 아이는 돌아다닐 수 없었다. 은행 강도는 일상다반사고 작은 말다툼으로 살인이 일어났다.

선량한 일반 시민은 범죄자에게 대항하기 위해 〈마법서〉를 살 수밖에 없었고, 마법에 의한 불의의 사고로 자신 또한 범죄자가 되어 버리는 일이 종종 있었다.

사태를 무겁게 본 『2대 귀족』 중 드라케니아 가문은 새 조직을 편성했다.

조직의 이름은 〈마법 범죄 수사국〉.

인원 2만 5천 명. 전직 경찰과 마법사, 학자, 심지어 퇴역 군인까지 수사국의 인원으로서 일하고 있었다. 그리고 그 모두가 마법 전문가였다.

그들은 범죄자의 흔적을 쫓고 자신의 기술과 경험을 구사하여 눈부신 성과를 올렸다.

조직이 성립되고 10년간 검거한 마법 범죄자는 85만 명.

경찰이 속수무책이던 시대와 비교하면 파격적인 인원수였다.

게다가 연간 범죄율도 설립 5년 이후부터는 감소 추세였다.

낮에 돌아다녀도 갑자기 강도를 당하는 일은 없어졌고, 공공연한 범죄 행위는 『비교적』 안 일어나게 되었다.

〈마법 범죄 수사국〉 설립 이전을 생각하면 수사국의 존재가 범죄의 억지력이 된 것은 분명했다.

그리고 오늘.

로그 마카베스타가 일반 수사관에서 관리직으로 승급하는 그날이 와 있었다.

1장 마녀에게 목줄은 채울 수 없다

본부 국장실의 벽에는 액자가 쭉 늘어서 있다. 『2대 귀족』들의 얼굴 사진이었다. 다들 하나같이 금색 눈을 가지고 있었다. 고양이라든가 뭐 그런 것들 같아서 기분이 나쁘지만 액자를 떼어 낼 수는 없었다.

"축하해, 로그. 나한테 고마워하렴~!"

호출받고 가자마자 상사인 벨라돈나 빌라드가 말했다.

황국 수도 이레일 지부국 국장─ 그것이 벨라돈나의 직함이었다. 그녀는 항상 뜬금없이 말을 꺼낸다.

"감사합니다."

형식상 인사했다.

그걸 보고 벨라돈나는 웨이브진 금발을 과시하듯 쓸어 올리며 과하게 달콤한 목소리로 말했다.

"내가 직접 널 추천해 줬거든~. 아무리 성과를 올려도~ 원래는 이렇게 쉽게 풀리지 않아. 드리케니아 사람들은 심사에 엄격해~."

상의는 단추가 두 개나 풀려 있어서 화려한 색깔의 속옷이 살짝 보였다. 미인계를 써서 이 지위까지 올라왔다는 소문도 있다. 물론, 가진 능력이라고는 미인계뿐인 사람이 계속 앉아 있을 수 있는 자리는 아니지만…….

리그톤 가문과 드라케니아 가문으로 구성된 『2대 귀족』— 〈마법 범죄 수사국〉은 드라케니아 가문의 지휘하에 있었고, 일족 내에서도 철저히 실력 지상주의인 그들은 무능함을 용납하지 않았다. 비리를 저지른 수사관이 얼음의 대지로 좌천당하는 것은 흔히 있는 일이었다.

　"예."

　조금도 웃지 않고 고개를 끄덕여 보였다.

　"좀 더 고마워하렴~."

　"감사합니다."

　"더~!"

　목소리를 높이는 벨라돈나에게서 은근슬쩍 시선을 돌렸다. 떨떠름한 표정을 짓고 있지 않아야 할 텐데.

　"……감사합니다."

　"아아, 정말! 잡아먹어 버리고 싶어~!"

　벨라돈나가 뺨에 손을 올리고 그렇게 말했다.

　로그의 외모는 그녀의 취향인 것 같았다. 그녀의 지위에 도움을 받은 적은 많았다. 승진 건도 그랬다. 거역하지 않는 것이 가장 좋았다.

　유리창으로 시선을 옮겼다. 책상 앞에 앉은 벨라돈나의 뒤쪽에 수사관 로그의 모습이 투영되어 있었다.

　길게 빠진 눈과 앳된 구석이 남은 입가, 수사관 육성 학교에서 수없이 놀림당했던 키, 길거리에서 만나면 수사관이라고 생각할 사람이 얼마나 될까. 입고 있는 털 달린 코트는 조금이나마 범죄자에게 위압감을 주기 위해 산 것이었다.

"로그도 잡아먹히고 싶지~? 나한테~? 어흥~!"

사자 흉내를 내는 벨라돈나에게 로그는 담담히 말했다.

"농담은 그만하시죠, 국장님."

"어머, 그래?"

"네."

"하지만 잡아먹히고 싶다는 마음이 아주 약간은 있지 않아~? 응?"

"동의 얻으려고 해도 소용없습니다, 국장님. 그런 마음 없으니까 이야기를 진행해 주세요."

"뭐 어때~ 어차피 남자는 모두 굶주린 짐승이니까, 눈앞에 먹이가 매달려 있으면 필사적으로 폴짝폴짝 뛰면 되는 거야~ 더럽게 성실한 놈 같으니라고."

"국장님, 방금 뭐라고 하셨습니까?"

뒷부분이 안 들렸기에 되물었다.

"별말 안 했는데~?"

벨라돈나가 뺨을 부풀렸지만 솔직히 안 어울렸다. 못 본 척하고 있으니 책상 위에 있는 그녀의 단말이 울렸다.

"네~ 벨라입니다~. 여보세요~."

벨라돈나가 평소처럼 간드러진 목소리로 받았다.

"그렇군요~ 또 희생자가~."

그렇게 말하며 벨라돈나가 고개를 끄덕였다. 연락한 사람은 아마 그녀의 상사일 것이다. 일개 수사관은 모습조차 볼 일이 없는 계급이다. 그렇기에 로그와는 아무런 관계가 없었다.

"네~ 그럼 벨라 실례하겠습니다~. 네~ 들어가세요…… 귀찮은 일 떠맡기지 말라고, 꼴통."

조용히 모습을 지켜보고 있는데 갑자기 낮은 목소리가 들렸다. 이것에는 역시 흠칫했다.

"……무슨 일인가요?"

"딱히~? 로그 군이랑은 전혀 관계없는 일이야~."

그렇게 말하면서도 벨라돈나는 턱을 괴고 삐딱한 태도로 펜꽂이를 손으로 튕겼다. 뭔가 상당한 난제를 맡게 됐는지 로그에게 들리도록 「아아~ 귀찮아~」라고 신음하고 있었다. 아주 노골적인 현실 도피였다.

무표정으로 넘기려고 하는데 창문에 빛이 반사된 것이 보였다. 책상 위의 디스플레이에 수사 자료가 표시된 것이다. 유리창에 비친 것은 한순간이었지만 로그는 알아 버렸다.

'〈탈명자(奪命者)〉 관련인가…….'

현재 세간을 떠들썩하게 만들고 있는 사건이었다. 로그의 귀에도 정보는 들어오고 있었다.

약 두 달 전에 상업 지구 딜로에서 변사체가 발견되었다. 소지하고 있었던 신분증으로 시체의 신원은 바로 밝혀졌다.

짐 폴리, 25세 남성. 회사원. 범죄 이력 없음. 선량한 인물이라

신변을 조사해도 특별히 그에게 원한을 가진 사람은 발견되지 않았다. 심각한 병력도 없고 아주 건강했다.

그런 짐은 뒷골목에서 『노사(老死)』해 있었다.

피부는 수분과 탄력을 잃어 미라 같았고 손발은 막대기처럼 가늘었다. 무엇보다 얼굴은 공포와 고통으로 일그러져서 가족조차 알아볼 수 없을 만큼 달라져 있었다.

현장에서 〈마법흔〉은 보이지 않았지만 당국은 이것을 살인 사건으로 간주했다. 25세에 늙어 죽다니 〈마법〉 말고는 있을 수 없는 현상이기 때문이다.

인간을 노사시키는 마법을 다루는 인물을 〈탈명자〉라고 명명하고 일단 수사가 시작되었다.

하지만 현재까지 범인은 발견되지 않았고 진전은 없었다.

"뭐, 국장님이 그렇게 말씀하신다면 그래도 상관없습니다만……."

그러나 로그는 내일부터 현장을 떠나기로 되어 있었다. 만에 하나 엮이게 되더라도 부하를 통해 간접적으로 엮이게 될 것이다. 신경 쓸 필요는 없었다.

그렇게 생각하고 있는데 벨라돈나의 침음이 더는 들리지 않았다. 로그를 빤히 보고 있었다.

"……왜 그러시죠."

질문하자 벨라돈나는 음흉하게 웃었다.

"로그~? 지금 본인은 관계없다고 생각하고 있지?"

"……아뇨."

"아마 관계가 있을지도 몰라~."

그렇게 말하고서 벨라돈나는 「아하하!」 하고 참을 수 없다는 듯 소리를 냈다. 로그는 조금도 재미있지 않았다.

"국장님, 뭐가 관계있다는 겁니까?"

"으응~? 알고 싶어~?"

"……아뇨. 됐습니다."

직접 묻는 건 지는 것 같아서 아니꼬웠다. 거기서 끝내고 화제를 돌리려고 했을 때였다. 벨라돈나가 고개를 숙이더니 어깨를 들썩이기 시작했다. 아까부터 본인의 기분을 감추지 못하고 있었다. ……오히려 로그에게 보여 주고 있는 것 같았다.

뭘 꾸미고 있는 거지.

아니, 어쩌면 꿍꿍이는 이미 다 꾸몄고, 이제 술수를 공개할 생각에 웃고 있는 것 아닐까?

그 생각에 이른 순간, 벨라돈나가 과장되게 머리를 쓸어올리며 일어나 성대하게 박수를 보냈다.

"네가 갈 곳은 나바코 섬이야! 축하해, 로그 수사관!"

"허?"

저도 모르게 되바라진 목소리를 냈지만 벨라돈나는 태연하게 말을 이었다.

"나바코는 좋은 곳이야~ 술이 맛있었고, 또 술도 맛있었고…… 아! 그리고 술이 맛있었어!"

―나바코 섬이라고?

로그의 얼굴에서 핏기가 가셨다.

그곳은 주민이 500명 정도밖에 안 되는『자연이 풍부한』섬이다. 본토에서 보트로 30분 걸린다. 그런 곳에서 어떤 범죄가일어날지 모르겠지만…… 아니, 애초에 범죄자와 마주칠 일이없을지도 모르지만 그게 문제가 아니다. 전형적인 좌천이지 않은가.

자신이 나바코 섬에서 일하는 모습을 상상했다.

허리 아픈 노인을 돕고, 때때로 과자를 대접받고 아침부터밤까지 특별히 아무 일도 없이 지낸다. 아무 일도 없는 나날이이어지다가 머지않아 이런 것도 괜찮다며 받아들이고 마는 것이다.

상상하면 할수록 나바코행은 그저 악몽이어서 목소리가 쩍쩍 갈라졌다.

"국장님, 그 결정은 납득할 수 없습니다. 이유를―."

"어머~ 정들면 고향이라고 하잖아. 그리고 그곳에는 밤마다살인귀가 출몰해~."

"그럴 리가."

"물론 거짓말이야~."

로그의 말을 막고서 벨라돈나는 미소 지었다. 마치 신난 아이를 보는 엄마처럼. 그 순간, 로그는 저항은 무의미함을 깨달았다.

"……지금이라도 변경은 불가능합니까?"

신음하듯 말하자 벨라돈나는 립스틱이 발린 입술에 검지를 댔다.

"음…… 그렇게 불쌍하게 구니까 검토하고 싶어지네……."

유심히 로그의 몸을 훑어보았다. 위에서부터 아래까지 찬찬히, 시선에 완급을 주다가 끝에 가서는 입술을 핥고서 로그의 귀에 숨을 훅 불었다.

창백해진 로그의 얼굴을 보고 벨라돈나의 미소가 진해졌다.

"그렇게 해도 좋겠지만~ 안타깝게도 후보는 하나 더 있어~."

"……뭐죠?"

숨을 헐떡이며 로그는 말했다.

"제6부서라고 알아?"

"제6부서?"

똑같이 따라 말해 버렸다.

수도 이레일 내에는 제5부서까지만 존재한다. 제6부서는 들어 본 적도 없었다.

"국장님. 진지하게 말씀하시는 겁니까?"

"너 그거 실례야. 당연히 진지하게 말하는 거지."

"그럼 왜 이런 이야기를……."

"일반 수사관은 알 수 없게 되어 있거든. 뭐, 나처럼 대~단한 사람은 알고 있지만~. 분명하게 존재해."

이해가 되지 않았다.

표정에도 다소 드러났을 테지만 벨라돈나는 로그의 심정 따위 알 바 아니라는 것처럼 손가락으로 책상을 두드렸다.

"극비로 설립된 부서야. 그곳 업무는 쪼~끔 특수해서~ 일반 부서에서 처리하기 버거운 특수한 사건을 수사해."

"하아."

"그래서, 널 그곳에 임시 서장으로 배속하려고. 어때? 나쁜 얘기는 아니지?"

그게 진짜라면 나쁜 얘기는커녕 좋은 얘기다. 서장이면 최상급 관리관이다. 수사관 수백 명을 거느리고 관리한다. 피 튀기는 현장에서 가장 피와 멀리 떨어진 지위다. 주어지는 권한도 이루 헤아릴 수 없다.

"……바랄 나위 없는 얘기지만, 한 가지 질문을 드려도 될까요."

그렇게 로그는 말을 꺼냈다.

"어머~ 어째서?"

"……특수 업무라고 하셨죠? 저는 거기서 뭘 하게 되는 겁니까?"

반쯤 확신하며 말하자 벨라돈나가 씩 웃었다.

"감이 좋네."

그리고 굳이 의자에 고쳐 앉았다.

"맞아. 빨리 〈탈명자〉를 체포하라고 위에서 재촉하고 있거든. 네가 싫다면 어쩔 수 없지만~ 어때? 아니면 니바코에 가 볼래? 어르신에게 감사받는 것도 나쁘지 않아~. 힘쓰는 일을 해 줄 젊은이라면 분명 대환영이겠지~."

우아하게 다리를 꼬며 물었다.

거부하면 확실히 그렇게 될 것이다. 벨라돈나의 결단은 빠르다. 이미 몇 명이나 그 빠른 결단에 희생된 것을 보았다. 자신이 그 예를 따를 수는 없었다.

"국장님."

무겁게 입을 열자 벨라돈나가 고개를 갸웃했다.

"응~?"

"……부서는 어디 있습니까?"

결국 로그는 그렇게 말하게 되었다.

딘 대륙의 하반부를 차지하는 황국, 그 수도 이레일의 형태는 초승달 모양에 가깝다. 대륙 끝자락에 위치하여 외국과의 교역 및 황국 경제의 심장부 역할을 했다.

아홉 개의 구로 이루어져 있고 좌측에 바다, 중앙에 고층 빌딩이 늘어선 비즈니스 거리, 위쪽에 내륙부로 이어지는 언덕이 있었다. 수사국 본부에서 차로 약 20분 거리에 있는 그 언덕을 오르면 도시의 소란은 거짓말처럼 사라지고 대신 고급 주택가가 나타난다.

목적지는 도시의 변두리에 있었다.

교회처럼 보였다. 그렇게 보였다고 말한 것은 울창하게 덩굴이 휘감겨 있고 외벽은 떨어져서 폐허나 다름없었기 때문이다. 하지만 지정받은 장소는 이곳이었다. 미리 알지 못했다면 알아차리지 못했을지도 모른다.

하지만 외관이 얼마나 황량하든 근무에 큰 영향은 없을 것이다. 벨라돈나는 제6부서가 『지하』에 있다고 했다. 기밀 유지 때문이라는 것 같지만 실제로 그런지는 의심스러웠다.

교회 내부로 들어가자 발이 멈췄다.

강단의 벽, 그 왼쪽 끝에 문이 있었다. 황폐한 교회에 억지로 설치한 것처럼 보이는 철문이었다.

그때 소리가 들렸다.

"로그 마카베스타 수사관 맞습니까?"

소녀의 목소리 같았다. 어딘가에 스피커가 있는지 소리가 울렸다.

"……그래, 맞아."

로그의 목소리를 들었는지 즉각 대답이 돌아왔다.

"거기서 기다려 주십시오. 본인 확인을 시행하겠습니다."

그런 목소리가 들렸지만 아무도 나오지 않았다. 카메라도 어딘가에 있는 걸까.

시킨 대로 기다리고 있으니 갑자기 강단 쪽에 있는 문이 옆으로 이동했다. 소리도 없이 매끄럽게 벽에 수납되자 몇 미터 앞에 승강기가 있는 것이 보였다.

"본인 확인을 완료했습니다. 안으로 들어와 주십시오."

목소리의 지시를 따라 강단에 올라갔다. 철문이 있었던 곳까지 가니 이번에는 승강기 문이 열렸다. 내부는 사람 한 명이 타기에 충분히 넓었고 벽도 바닥도 천장도 하얗다. 황폐한 바깥세상과 격리되어 있는 것처럼 보였다.

다른 지시는 없었다.

딱 한 번 돌아보고서 승강기에 올라탔다.

그러나 문이 닫히자 답답해졌다. 납득한 줄 알았는데 의심이 되살아났다. 지하. 그런 곳에서 일하는 게 말이 되나? 사무 업무라면 그나마 이해가 간다. 하지만 로그는 수사관이다. 안에 틀어박혀 있을 수만도 없지 않은가.

그나저나 부유감이 길게 이어졌다. 대체 얼마나 내려가고 있는 걸까. 어마어마한 시간을 보낸 것처럼 느끼고 있는데 갑자기 시야가 트였다.

"도착했습니다."

여성의 목소리를 따라 승강기와 지면의 경계를 넘어서니 앞쪽에 널찍한 공간이 있었다.

원형 테이블과 의자가 여럿 있고 몇 명이 앉아 있었다. 개방형 구조로 되어 있어서 다른 층의 모습도 확인할 수 있었다. 층마다 세련된 문이 늘어서 있고 유리 펜스가 통로를 에워싸고 있었다. 덩굴도 없고 칠이 떨어진 곳도 없었다.

예상외로 멀쩡한 부서의 모습에 시선을 빼앗겼다가 로그는 깨달았다.

'다른 수사관은 어디 있지?'

아무리 바쁘다고 해도 누군가는 부서 내에 있을 터다. 하지만 보이는 범위에 『어른』은 없었다.

벨라돈나는 무슨 생각인 걸까. 우두커니 서 있을 수도 없기에 걸음을 옮기자 홀 중앙에서 안경 쓴 소녀가 기다리고 있었다. 피부는 창백했고 눈 밑은 거뭇했다. 얼굴 생김새는 반듯하지만 병약한 인상이었다.

"제6부서에 잘 오셨습니다, 로그 수사관. 저는 「리코 라이나」 라고 합니다. 이곳의 사무원입니다. 용건이 있으시면 무엇이든 말씀해 주십시오."

그렇게 소녀는 말하고서 인사했지만 로그는 이 사무원의 어떤 한마디가 너무나도 신경 쓰였다.

로그 수사관.

서장이 아니라, 그렇게 불렀다.

"……로그야. 나야말로 잘 부탁해. 몇 가지 물어보고 싶은 게 있는데……."

"말씀하시지요."

"이곳은 정말 제6부서인가?"

로그는 그렇게 말하고 홀을 둘러보았다.

의자에 앉아 있는 자, 벽에 기대 책을 읽고 있는 자, 위층 펜스에 몸을 기대고 있는 자도 있었다. 쭉 둘러보며 세어 보니 열두 명 있었다. 그리고 그 열두 명은 전부 소녀였다. 마법 범죄 수사국에서 일하는 인간으로 보이진 않았다.

하지만 리코는 고개를 끄덕였다.

"네, 제6부서가 틀림없습니다."

"내가 여기 서장이라고 듣고 왔는데…… 다른 수사관은? 다들 나가 있는 건가?"

"제6부서에서 수사관 권한을 가진 사람은 당신뿐입니다. 그런 의미에서는 서장이 맞습니다, 로그 수사관."

리코는 잘라 말하고서 무미건조한 눈으로 바라보았다.

마침내 현기증이 났다.

"……그럼 여기 있는 인간은?"

"죄수입니다."

"죄수라고?"

부서에 왜 그런 존재가 있는 걸까. 묻고 싶은 것이 순식간에 산더미처럼 생겨났다. 하지만 로그는 억눌렀다. 대신 가장 중요하다고 생각되는 것을 물었다.

"……나는 〈탈명자〉를 수사하라는 국장님의 말을 듣고 왔어. 범죄자를 돌보기 위해 온 게 아니야. 정말 여기서 수사를 할 수 있는 건가?"

낮은 음성을 만들어 내도 리코는 동요하지 않았다.

"문제없습니다. 죄수지만 저들은 특별합니다. 소개해 드리겠습니다. 가까이 가죠."

성큼성큼 소녀들 앞으로 나아갔다.

떨떠름한 표정을 지으며 로그는 그 뒤를 쫓았다. 마치 정해진 단계를 따르는 것처럼 매끄러웠다. 한층 불신감이 강해졌다.

이윽고 두 사람은 원형 테이블을 혼자 점령하고 있는 소녀 앞에서 멈췄다. 소개하겠다고 했는데 소녀는 눈을 감고 있었다. 새근거리는 숨소리도 들렸다. 하지만 리코는 그래도 상관없다는 것처럼 입을 열었다.

"이쪽은 미제리아. 정신 간섭계 마법이 특기로, 인간을 『인형』으로 바꿔 버립니다. 식별명은 〈인형귀(人形鬼)〉. 과거에 황족을 건드린 적이 있는데, 그때 주위에 있던 모든 근위병이 미제리아의 인형이 됐었다고 합니다."

정작 소개받고 있는 소녀는 다리를 꼬고서 턱을 괴고 있었다. 꼼짝도 하지 않았다. 하얀 재킷과 하얀 치마를 입은 채 긴 백발을 테이블과 다리에 늘어뜨리고 있었다.

하얗다는 인상이 강한 것 말고는 평범한 소녀였다. 전혀 이상하지 않았다.

하지만 가슴속이 계속 불안했다. 로그는 이 감각을 알고 있었다. 평범한 소녀. 그래, 그랬을 터다. 하지만 과거를 상기하기 시작했을 때는 이미 늦어서…….

천천히 리코의 말이 귀에 들렸다.

"특례 관할 조치에 의한 참수 기한은 6천 년. 귀족 평의회가 인정한—"

심장 소리가 커졌고.

"열세 번째 마녀입니다."

마지막 말에 불안이 확신으로 바뀌었다.

"……방금 뭐라고 했지?"

잠긴 목소리가 나왔다.

리코가 고개를 갸웃했다.

"제가 뭔가 틀린 말을 했습니까? 수사관 육성 학교의 교육 과정 중에 배우는 정보와 다르지 않을 텐데요."

"……그건 알아."

"그럼 뭐가 문제죠? 마녀 미제리아에 관해."

"……마녀는 〈안데워스〉에 있을 터…… 어째서 이런 곳에 있지?"

리코는 개방되어 있는 상층부를 향해 왼손을 들었다.

"요새감옥 말이죠. 안심하시길. 이곳도 〈안데워스〉 중 하나입니다. 다른 곳과 마찬가지로 대규모 방호 마법과 착란 마법이 걸려 있습니다. 게다가 최신예 감시 시스템도 도입하여 외부에서 침입하는 것은 불가능합니다."

"……그런 걸 말하는 게 아니야."

자연스럽게 로그의 어조가 강해졌다.

"왜 이렇게 아무렇지도 않게 마녀를 풀어 두고 있는 거냐고……!"

이 사무원은 정말 알고 있는 걸까? 마녀가 마음만 먹는다면 「로그도 포함해」 즉시 없애 버릴 수 있는데.

마법이 민중에게 퍼지기 이전부터 마녀들은 황국에 존재했다. 마법 자체와 융합하여 늙지 않는 진정한 괴물들이었다. 모든 마녀는 아무런 조짐도 없이 나타나 황국에 재앙이라고 해도 될 만한 해를 끼쳤다.

마법으로 도시를 흔적도 없이 증발시킨 마녀도 있고 10만 명의 사상자가 나온 폭동의 원인이 된 마녀도 있었다. 하룻밤에 수천 명이 납치당한 사건도 있다. 마녀는 결코 허구의 존재가 아니다.

하지만—.

녀석들이 얼마나 위험한지 현재의 국민은 이해조차 못 하고 있을 것이다. 「나쁜 짓을 하면 마녀가 찾아온다」라고 아이들을 야단치기 위한 전래 동화로 바뀌 버릴 정도니까. 아득히 먼 시대의 일로서 받아들이고 있었다.

눈썹에 힘이 들어갔을 때였다.

"일어나셨습니까, 미제리아."

리코의 말에 퍼뜩 정신을 차리니 「미제리아」라고 불린 소녀가 눈을 뜨는 것이 보였다. 긴 속눈썹이 몇 번 팔랑거리더니 이윽고 완전히 눈이 뜨였다.

"이런, 벌써 시간이 이렇게 됐나. 너무 깊이 잠들어 있었어."

그렇게 혼잣말처럼 중얼거리고서 소녀가 로그 쪽으로 얼굴을 돌렸다.

깊디깊은 파란 눈이었다.

일순 눈동자 속에 빨려 들어가는 듯한 착각에 빠졌다. 광대한 바다 한가운데에서 누군가에게 계속 도움을 요청하는 것 같은 아무것도 할 수 없다는 무력감.

시선을 사로잡는 눈을 떨쳐 내려고 하자 이번에는 인형처럼 정교하게 만들어진 듯한 얼굴이 인식되었다. 단정한 얼굴이었다. 목에 찬 초커는 피부와 조화되었고 긴 백발이 조명을 반사하여 찬란하게 빛나고 있었다. 때를 잘 만났다면 많은 사람에게 숭배받았을지도 모른다. 하지만 로그는 어느새 뒷걸음질 치고 있었다.

"무서워할 필요 없어. 같은 인간이니까."

하얀 소녀가 맑은 목소리로 말하며 싱긋 웃었다. 너무 편하게 말해서 한동안 멍해졌다. 그리고 점차 수치심과 분노가 솟구쳤다.

"……인간이라고? 너희 마녀는—"

"잠깐 기다려 봐. 자기소개를 먼저 하지. 나는 미제리아. 나라의 죄수야. 네 이름은?"

그렇게 말을 차단당해서 이를 갈았다.

"……로그. 로그 마카베스타."

소녀는 또 싱긋 웃었다.

"흠, 로그 군. 너는 이 제6부서에 배속됐는데, 뭔가 소감은 있나? 이를테면, 그래, 벨라돈나 녀석을 벼랑에서 밀어 버리고 싶다든가."

말을 이해하는 데 시간이 걸렸다.

"……이봐, 왜 마녀인 네가 국장님을 알고 있지?"

〈안데워스〉에서는 마녀에게 바깥의 정보를 전혀 주지 않아서 문자 그대로 죽은 사람처럼 지낼 터다. 하지만 이래서는 벨라돈나가 눈앞의 마녀, 미제리아와 아는 사이인 것 같았다.

"음."

예쁘게 생긴 눈썹을 찡그리고서 하얀 소녀는 리코 쪽으로 고개를 돌렸다.

"리코. 이 불쌍한 신입에게 아직 아무것도 안 알려 줬나?"

'안 알려 줬다고?'

"이, 이봐."

그렇게 로그가 말을 꺼냈지만 리코도 소녀를 마주 본 채 고개를 갸웃했다.

"그렇습니까? 당연히 저는 벨라돈나 국장에게 전부 듣고서 온 줄 알았습니다만."

두 사람 사이에 무언가 암묵적인 이해가 있는 것처럼 이야기를 나누고 있었다. 이윽고 결론을 내렸는지 리코가 로그를 마주 보았다.

"오해가 있었던 것 같습니다, 로그 수사관. 지금부터 제6부서에 관해 말씀드리겠습니다. 제6부서는 대죄인인 〈마녀〉와 함께 수사하는 팀입니다. 그러므로 수사관은 이분들을 지휘하여 사건을 해결해 주셨으면 합니다."

일순 호흡이 멈췄다.

마녀와 수사? 제정신인가?

무엇보다 어째서 벨라돈나는 그런 중요한 것도 가르쳐 주지 않고…….

로그는 바로 짐작했다. 난항 중인 살인 사건, 게다가 그 상사는 『상부』로부터 재촉받고 있었다. 실력주의 수사국에서는 작은 실수가 치명적인 결과를 부른다. 쓰기 좋은 체스말이 있다면 당연히 써야 하지 않겠는가. 자신에게 좀처럼 흔들리지 않는 체스말이라면 더더욱 좋다.

승진 이야기를 받아들이지 않았다면 이런 상황에 이르는 일은 없었을까. 로그는 자신의 선택을 후회했다.

시야가 캄캄해지려던 때 리코가 입을 열었다.

"잇따라 말씀드려서 죄송하지만, 괜찮을까요?"

벌레라도 씹은 것처럼 고개를 끄덕였다.

"……아직도 뭔가 문제가 있나?"

"벨라돈나 국장에게 지령을 받았습니다. 원래는 일단락되고 나서 말씀드리려고 했습니다만."

"……말해 줘."

"『하~이, 로그! 잘 있지~? 사랑스러운 벨라돈나야~.』"

리코가 갑자기 극도로 달콤한 목소리를 냈다.

"뭐, 뭐야, 그거."

"벨라돈나 국장에게 받은 지령 내용입니다. 구두로 전하라고 말씀하셨기에."

"아아…… 더는 지적 안 해……."

리코가 계속 말했다.

"『이번에 그쪽 마녀들을 지휘해서 〈탈명자〉를 수사해 줬으면 해. 실은~ 거기 제6부서에 전임자가 있었지만~ 마녀의 심기를 건드리고 말았어. 하지만 수사에 공백이 생기게 할 수는 없고~. 그래서 난 생각했지~. 기대받는 에이스, 로그 군이라면 어떻게든 할 수 있을지도 모른다고 말이야. 알겠니, 로그~? 최대한 빨리 사건을 해결하렴~. 그러지 못한다면…… 평생 거기서 마녀랑 불장난이나 해~. 아, 회의 시간이다~ 그럼 이만~』…… 이상이 지령의 내용입니다."

그렇게 전달을 마치고서 리코는 「오늘부터 제6부서 서장으로서 근무해 주시기 바랍니다. 로그 수사관」이라고 말하며 인사했다.

머릿속으로 온갖 욕을 벨라돈나에게 퍼부었다.

지금 같은 기분이라면 벨라돈나를 때릴 수도 있을 것 같았다. 그럴 만한 불합리함을 맛보고 있었다.

눈이 마주치자 하얀 소녀가 미소 지었다.

"진정됐나?"

"그래, 진정됐어."

그렇게 비아냥거렸으나 하얀 소녀의 미소는 무너지지 않았다.

그때 「또 이 패턴인가」라는 소리가 마녀들 가운데서 들려왔다. 동정하는 기색이 담겨 있는 것 같았다. 그렇다면 이전에도 이런 형태로 제6부서에 온 사람이 있는 건가. 시선이 살짝 마녀들 쪽으로 향했다.

로그의 모습을 알아차렸는지 「흠」 하고 하얀 소녀가 고개를 끄덕였다.

"뭐, 대부분은 너처럼 원치 않게 쫓겨나서 이곳으로 오지. 아무것도 모른 채 온 사람은 처음이지만."

"……."

국장에 대한 분노가 더더욱 커졌다.

"……너는 이것저것 알고 있는 것 같군."

"물론이야. 어쨌든 최근에는 내가 『담당』하고 있으니까."

『담당』이라고?"

반문하자 하얀 소녀는 의자에서 일어나며 말했다.

"알기 쉽게 말하자면 수사 활동의 파트너지. 너도 당연히 뭔지 알 거야. 이곳에서는 입후보제로 정해지거든. 현재로써는 내가 하고 있어."

긴 머리카락이 부드럽게 물결쳤고, 그것을 눈으로 좇는 사이에 손이 내밀어져 있었다.

"잘 부탁해."

"……그래."

장갑을 벗고 하얀 소녀의 손을 잡았다. 피 같은 건 안 흐를 줄 알았는데 의외로 따뜻했다. 로그의 체온보다는 낮지만 확실하게 살아 있었다. 『인간』이라는 것은 거짓말이 아니었던 모양이다.

냉정하게 생각하면 제어할 수 없는 마녀를 수사에 투입할 리가 없었다. 로그는 점차 긴장이 풀리는 것을 느꼈다. ……마녀들 가운데서 그 목소리가 들리기 전까지는.

"미제리아~? 그 녀석은 언제 죽일 거야?"

"허?"

즉시 소녀에게서 손을 뗐다. 죽인다고?

"……무슨 소리지?"

"미안. 저 친구는 다른 사람을 겁주는 걸 좋아해."

"말은 잘해~ 이전 녀석도 자살하게 만들었으면서~."

또 목소리가 날아들었다.

하얀 소녀는 거짓말을 들킨 아이처럼 웃었다.

"하하. 결과적으로 그렇게 되어 버렸을 뿐이야. 죽이고 싶어서 죽인 건 아니지."

"거짓말쟁이~."

"부끄러운 줄 알아."

"성격 더러워~."

마녀들이 야유해 댔지만 로그는 믿을 수가 없는 심정이었다. 수사관이 자살했다고? 어떤 끔찍한 상황에서 그런 일이 일어나는 거지.

로그는 리코에게 고개를 돌렸다.

"무리야, 리코 씨. 살인귀와 일 같은 건 못 해. 국장님에게 연락하고 싶어."

"걱정하지 마십시오, 로그 수사관. 마녀들에게는 안전장치가 달려 있습니다. 목을 봐 주세요."

리코가 시키는 대로 하얀 소녀를 보니 그 목에는 검은 초커가 채워져 있었다. 홀을 둘러보자 다른 모든 마녀의 목에 똑같은 것이 있었다.

다시 고개를 되돌리자 리코가 말했다.

"이건 〈목줄〉입니다."

"〈목줄〉?"

"마도구의 일종입니다. 세 가지 조건 중 무언가가 충족되면 즉시 착용자를 죽음에 이르게 합니다. 한 가지는 직접적으로 살인 행위를 저지르는 것. 다른 한 가지는 허가된 범위를 벗어나는 것. 범위는 황국 영토 내입니다. 이것은 몸의 일부분이 벗어난 경우에도 적용됩니다. 마지막 한 가지는—."

그 순간 하얀 소녀가 대화에 끼어들었다.

"규정 이상의 마력이 측정된 경우지. 덕분에 우리는 어린아이 수준의 마력밖에 못 써."

그렇게 말하고서 뭐가 재미있는지 킥킥 웃었다.

"잠깐만. 그래도 손을 쓸 수 있잖아? 그렇다면 마법을 못 써도 문제없는 것 아닌가?"

펜촉, 나이프, 자신의 치아…… 손을 쓸 수 있다면 얼마든지 수단은 있다. 그리고 생김새가 초커라면 내구력은 기대할 수 없다. 소녀의 힘으로도 파괴하기 쉬워 보였다.

"수사관, 외람된 말씀이지만."

리코가 말했다.

"〈목줄〉은 절대 풀리지 않습니다. 착용자의 죽음을 감지하지 않는 한, 그 역할을 다합니다. 그 전까지는 설령 『마검』 같은 것을 쓰더라도 파괴되지 않습니다."

"냉엄하다니까."

하얀 소녀가 고개를 주억거렸다.

"그러니 안심하라고?"

그렇게 로그는 말하고서 하얀 소녀를 노려보았다.

"그보다 너, 네가 수사관을 자살하게 만들었다고 아까 누군가가 말했었지?"

"아아, 그랬지."

"그건 사람을 죽인 것 아닌가? 왜 너는 안 죽었지."

"사소한 말로도 사람은 죽을 때가 있어, 로그 군. 생각지도 못한 말이 방아쇠가 되는 일도 있지."

"시치미 떼지 마."

목소리를 낮추자 하얀 소녀는 자못 당연하다는 듯 말했다.

"자살을 규정에 넣어 버리면 수사관은 우리를 활용할 수 없게 돼. 우리를 죽일 수 있다면 자살 따위 고역이 아닌 사람은 많으니까."

"그게 이유라는 건가?"

"음? 불만인가?"

"당연하지. 누가 마녀와 함께 일하고 싶겠어."

"슬프군. 벌써 미움받고 말았어. 나는 앞으로 사이좋게 지낼 생각이었는데."

"거짓말하지 마, 마녀."

로그가 말하자 하얀 소녀는 윙크했다.

"아니, 정말이야. 너 같은 사람은 좋아해."

마음속으로 혀를 찼다.

"나는 애원해도 사양이야."

"그래? 내 얼굴은 그렇게 나쁘지 않다고 생각하는데."

하얀 소녀는 자신의 얼굴을 가리키며 말했다.

"그딴 게 상관있나."

"까다롭네."

"뭐가 까다롭다는——."

되받아치려고 하자 리코가 말을 걸었다.

"시간은 괜찮으신 겁니까? 서둘러 사건을 해결하라고 벨라돈나 국장에게 지령을 받으셨을 텐데요."

퍼뜩 정신이 들었지만 고개를 내저었다. 애초에 이건 공평한 조건이 아니다.

"……마녀가 있다는 걸 알았다면 나는 여기 안 왔어."

그렇게 말하자 리코는 살짝 고개를 기울였다.

"그렇습니까? 아까는 꽤 친해진 것처럼 보였습니다."

"……."

"벨라돈나 국장은 나바코 섬으로 갈 준비는 이미 다 해 됐다고 말씀하셨습니다. 오늘 중으로 섬에 갈 수 있다고 했습니다."

말문이 막혔다. 결국 따를 수밖에 없는가. 여기서 도망치더라도 기다리고 있는 것은 나바코행이다. 수사관으로서는 최악의 장소. 그러나 적어도 이곳은 다르다. 『수사』는 할 수 있다.

로그는 리코와 마녀들에게 등을 돌렸다. 마녀와 함께 행동하게 되겠지만 할 일은 정해져 있다. 평소처럼 하면 된다. 신발 밑창으로 바닥을 두드리며 숨을 들이쉬고 외쳤다.

"지금부터 브리핑을 하겠다!"

하지만 대답하는 마녀는 없었다. 다들 여전히 제 할 일만 하고 있었다. 마치 로그의 목소리 따위 들리지 않는 것처럼……

"이봐! 듣고 있나?! 〈목줄〉이 채워져 있는 것 아니었나?!"

성량을 높여도 마녀들은 움직일 기미조차 없었다. 오히려 비웃고 있는 것 같았다.

어안이 벙벙해져 있으려니 하얀 소녀가 왼쪽 옆으로 왔다.

"로그 군. 우리는 수사국에 협력해 주고 있을 뿐이야. 강제하더라도 내키지 않으면 안 움직여. 〈목줄〉이 채워져 있든 아니든 그건 달라지지 않아."

그렇게 단언했다.

"젠장……"

최악의 장소에 오고 말았다.

"뭐, 낙담하지 마, 로그 군. 나와 함께 수사할 수 있는 거야. 분명 즐거울걸?"

하얀 소녀가 친한 척 어깨에 손을 올렸기에 그 손을 뿌리쳤다.

'⋯⋯젠장.'

다시 한번 마음속으로 중얼거렸다.

◇

수도는 늘 시끄럽다. 어딜 가든 경적이 울린다. 자동차 무리가 마침내 움직이기 시작했다. 하지만 기분은 우울해지기만 했다. 마녀와 수사⋯⋯ 그것도 서에 파견된 당일부터. 앞날이 걱정됐다.

"그렇게 매정하게 굴지 마."

마녀가 조수석에서 말했다. 로그는 그쪽을 보지 않고 대답했다.

"입 다물고 있어. 자신의 입장을 알고 있는 건가?"

"그런 말 하지 마, 로그 군. 협력하자."

"누가 너랑?"

"매몰차네. 승진이 걸려 있는 거 아니야?"

"너랑은 상관없잖아."

"그런가? 다소나마 상관은 있는 것 같은데."

"아, 바보야, 하지 마!"

마녀, 미제리아가 팔꿈치로 로그의 옆구리를 찔렀다. 하마터면 인도 옆 가로수를 박을 뻔했다.

핸들을 돌려 원래 차선으로 돌아왔다.

"장난치지 마, 마녀. 차량 유지에 돈이 얼마나 드는지 알아?"

"뭐, 어때. 나랑은 상관없는 일이야."

"너 제정신이 아니야."

로그의 말에 미제리아는 소리 내어 웃었다. 차 타고 이동하는 내내 웃고 있었다. 마치 소풍이라도 가는 것처럼.

'잘 웃는 마녀네……'

하지만 그렇다고 해도 마녀는 마녀다. 방심할 수는 없다. 그 후로 로그는 입을 다물었다. 미제리아가 뭔가 말을 걸어와도 대꾸하지 않고 차를 몰았다. 5구, 상업 지구 딜로에 도착하자 큰길에서 골목길로 들어갔다. 규제선이 쳐져 있는 것이 보여서 조금 떨어진 곳에 차를 세웠다.

비가 온 뒤라 물웅덩이가 남아 있었다. 뒷골목이라서 햇빛도 들지 않아 조금 쌀쌀했다. 벽에는 요란한 색의 스프레이로 낙서가 되어 있었다. 형편없는 그림이었다.

로그는 차에서 내렸다.

"도착했어."

"수고했어, 로그 군."

말만 하고 미제리아는 여전히 좌석에 앉아 있었다. 열린 문 앞으로 오른손을 내밀고 있었나.

"뭐 하는 거야?"

"로그 군은 에스코트도 안 해 주는 건가?"

"……"

혹시 이 마녀는 벨라돈나가 고용한 엑스트라고 로그는 악질적인 장난을 당하고 있는 것 아닐까. 아니, 있을 수 없는 일이지만.

"……시답잖아. 애초에 탈 때는 안 했잖아."

"안타깝게도 이전에 안 한 것은 다음에 안 하는 이유가 되지 못해."

"변명하지 마. 안 갈 거면 두고 가겠어."

"귀여운 맛이 없네, 로그 군은."

미제리아는 마침내 차에서 내려 느릿느릿 거만하게 걸어왔다.

"자! 수사를 시작하자꾸나!"

"조용히 해. 네가 나설 일은 없어."

규제선 옆에는 현지 경관이 서 있었다. 로그는 『현재』 신분을 말했다.

"이레일 지부국 국장 직속 수사관인 로그다. 이쪽은 수사 협력자. 〈마술혼〉 전문가다."

"예! 수고 많으십니다."

경관이 경례하고 들여보내 줬다.

벨라돈나가 준 정보에는 가짜 신분도 있었다. 마녀를 수사에 참가시키고 있다는 것이 누설되는 건 국장으로서도 좋지 않기 때문이리라. 로그로서도 괜히 신경 쓸 필요가 없다면 좋았다.

시체 가방 앞으로 간 로그는 눈을 크게 떴다.

안에 아무것도 들지 않은 것처럼 가방이 움푹 꺼져 있었다.

사람 한 명이 들어가 있다는 게 믿기지 않았다.

얼굴을 찌푸리고서 지퍼를 내렸다.

"고약하네……."

로그가 중얼거릴 만도 했다.

시체 가방 안에는 유아가 들어 있었다. 머리카락조차 나 있지 않았다. 헐렁한 코트를 입고서 공허한 눈을 드러내고 있었다.

「크라임 푸타」, 올해 80세가 되는 꽃집 주인. 눈앞의 갓난아기와 DNA가 일치. 지문 또한 그가 「크라임 푸타」임을 나타냈다.

80년을 산 그의 흔적은 완전히 사라져 있었다.

"흥미로운 현상이네."

미제리아가 말했다.

"젊은이가 노화하고, 노인이 유아가 돼. 흠, 대단한 마법이야. 로그 군, 너의 견해는?"

"……피해자가 저항한 흔적이 없어. 완벽하게 흔적을 지웠다면 뒤처리에 상당한 시간을 들였을 거야."

"그래서?"

"큰길에서 벗어난 곳이긴 하지만, 누가 살짝이라도 들여다보면 들킬 만한 곳에서 시체의 뒤처리는 할 수 없어. 아마…… 범인은 다른 곳에서 피해자를 죽여 뒤처리를 끝낸 다음 이곳으로 운반했을 거야."

미제리아가 느리게 박수를 쳤다.

"멋진 추리인데. 역시 기대받는 신인이야."

"날 놀리고 있는 건가?"

"아니, 본심이야. 대충 네 예상이 맞겠지. 문제는 「어떻게 이곳으로 운반했는가?」라는 거야."

"딱히 그건 문제가 안 돼."

"흐응?"

웃는 마녀를 무시하고 로그는 왔던 길을 되돌아갔다. 경관 무리를 지나 현장에 도착했을 때 본, 낙서가 가득한 뒷골목까지 걸어가 발을 멈췄다.

"범인은 여기로 드나들었어."

눈앞의 벽에는 도시의 반항아가 그린 듯한 그림이 있었다. 다양한 색의 스프레이가 튀어 있었다. 느긋하게 걸어오는 미제리아가 시야 끄트머리에 잡혔다.

「이유를 물어도 될까?」라고 미제리아가 말했다.

"〈공간전이〉각인이야. 그걸 사용하면 다른 곳에서 시체를 운반하기도 쉽고, 이렇게 스프레이로 덮어씌우면 각인이 새겨져 있다는 걸 들키지 않아."

마법을 행사하려면 〈영창〉이나 〈각인〉이 필요하다. 즉시 효과를 발휘하는 영창과 달리, 각인은 시차를 두고서 마법을 발동할 수 있다. 계획범죄를 저지를 때는 인근에 각인을 준비해 두는 것이 상투 수단이었다.

또 거창하게 박수를 치고서 미제리아가 로그를 보았다.

"대단하네. 그럼 이제 스프레이를 지우기만 하면 되겠어."

"……."

"응? 뭐 하려는 거지? 로그 군."

상관하지 않고 로그는 단말을 꺼내 전화하려고 했다. 연락할 곳은 과학수사연구소의 지인이었다. 고압 세척기를 가지고 있을 터였다.

"별거 아냐. 스프레이를 지울 도구를 가져오려는 거야."

"이봐. 그런 수고를 들일 필요가 있나? 정화 마법을 쓰면 되는데."

"……내 마음이지."

"흠, 그렇군."

미제리아가 손뼉을 치더니 이해했다는 듯 말했다.

"너는 〈무성인〉인가."

"……."

통화 버튼을 누르려고 하자 미제리아는 로그에게서 단말을 빼앗아 로그의 주머니에 다시 넣었다.

"그렇다면 어쩔 수 없지. 마법을 대신 써 주겠어. 정말이지, 빨리 말하면 될 것을."

"……마녀에게 줄 개인 정보는 하나도 없어."

"흐응, 너는 그런 사람인가. 하지만 나는 이미 너의 이름도, 네가 어떤 일을 하는지도 알아."

"……."

"『수단』이 도착하려면 얼마나 걸릴까?"

"……너한테 부탁하라고?"

"그렇게 매섭게 말할 필요 없잖아. 우리는 이미 동료야. 얼마든지 부탁해도 돼."

"……네 도움은 필요 없어."

"음? 괜찮겠어? 벨라돈나는 사건을 빨리 해결하라고 한 것 같은데."

심술궂은 얼굴. 미제리아는 그렇게 표현할 수밖에 없는 표정을 짓고 있었다. 속이 부글거리고 배알이 꼴렸지만 로그는 참았다. 확실히 고집부리고 있을 때는 아닐지도 모른다. 사건 해결은 빠르면 빠를수록 좋다. 로그에게도. 모두에게도…….

로그는 믿을 수 없을 만큼 무거워진 입을 열었다.

"……마법을 써 줘."

"알았어."

후후, 하고 미제리아가 숨을 내쉬고서 왼손을 비스듬히 아래로 내밀었다. 딱 손등이 보였다.

"뭐 하는 거야?"

"여기에 입을 맞춰 줘. 아아, 제대로 무릎 꿇고 고맙다는 말도 해 줬으면 좋겠어. 1분 내로 부탁해."

"뭐?"

머릿속이 새하얘졌다.

이 녀석은 살인 현장 앞에서 무슨 말을 하는 거지.

"왜 그래? 로그 군. 뭔가 문제라도 있나?"

"이, 있고말고!"

너무 엉뚱한 요구라서 말도 제대로 안 나왔다.

"너, 너 바보야?! 사건이랑 관련도 없어! 애초에 그게 왜 필요한데?!"

"로그 군."

미제리아가 한 발짝 내디뎠고 로그는 한 발짝 물러났다.

"사람이 행동하려면 이유가 필요하다고 생각하지 않아? 아무리 쉬운 일이어도 이유가 없으면 전부 귀찮아."

"그, 그게 어쨌는데."

미제리아가 한 발짝 더 다가왔고 로그는 한 발짝 더 물러났다.

"솔직히 말하면, 사건이 해결되든 말든 나한테는 어찌 되든 상관없는 일이야. 내가 사건 수사에 바라는 것은 단 하나,『즐거움』이야. 네가 그걸 제공해 준다면 나는 무엇이든 협력을 아끼지 않을 생각이야."

시험하듯 눈을 가늘게 뜨고 한층 더 과장되게 손을 내밀었다.

"……즐거움이라고?"

한 발짝 더 물러나자 등에 벽이 닿았다. 뒤로 너무 물러났다. 미제리아와 눈이 마주쳤다. 그 눈은 형형히 빛나고 있었다.

"그렇고말고. 이해해 줬을까?"

"……이해할 수 있겠냐."

"그럼 교섭 결렬인가?"

"······그렇게 말하진 않았어."

"흠, 하지만 로그 군은 내키지 않는 것 같아. 그만둬야 할지도 모르겠어."

미제리아가 히죽히죽 웃었다.

"······잠깐만. 다른 거라면 해 줄게. 대안을 제시해."

"흠······."

미제리아는 고민하는 것처럼 위쪽을 보더니 이내 자신의 오른쪽 뺨을 손으로 찔렀다.

"여긴 어때? 손등보다 부드러운데."

"······부, 부드러움의 문제가 아니라."

"흐응? 그럼 더 단단한 곳으로 할까. 이마는 어때? 여기라면 너도 할 수 있을 것 같은데."

"······."

말문이 막힘과 동시에 로그는 알았다. 미제리아는 단순히 수사관을 무릎 꿇리고 싶은 것이 아니다. 미제리아는 사람이 고통스러워하며 망설이는 순간을 보고 싶은 것이다. 그것이 미제리아의『즐거움』일 것이다.

"젠······장······."

하지만 그걸 알았다고 해서 이 이상의 저항을 할 수 있을 것 같지는 않았다. 어떻게 발버둥 쳐도 굴욕적인 방향으로 끌고 갈 것이다. 그리고 너무 시간을 오래 끌면 경관들이 모습을 살피러 올지도 모른다.

침음을 흘리며 로그는 그 자리에 앉아 한쪽 무릎을 꿇었다.

'『이것』에 키스하는 건가? 지금 여기서?'

가까이에서 본 미제리아의 손은 새하얬지만 생명체답게 아주 약간 붉은 기가 돌았고 윤기가 있었다.

'……수사를 위해서야.'

그렇게 자신을 타일렀다. 이건 필요한 일이라고.

하지만 아무리 타일러도 납득할 수 없을 것 같았다.

분노가 머릿속을 맴돌았다. 왜 마녀에게 무릎 꿇어야만 했는가. 왜 자신이 그래야만 했는가. 원인이 된 마녀를 노려보았다.

"이야~ 멋진 얼굴이야, 로그 군. 역시 젊은이의 고뇌는 꿀맛이야."

미제리아는 눈물까지 흘리며 웃고 있었다. 수고했다는 듯 로그의 어깨를 두드리는 것이 너무나도 짜증 났다.

"반드시 후회하게 해 주겠어……."

"기대하고 있고말고."

"젠장…… 그보다 너도 젊잖아. 젊은이의 고뇌는 개뿔."

"젊어 보인다니 다행이군."

그 말을 듣고 로그는 깨달았다.

'그런가…… 마녀는 나이를 안 먹었지.'

"뭐, 그런 건 어찌 되든 좋지. 약속을 이루어 주겠어. 이리 와."

미제리아는 스위치를 끈 것처럼 웃음을 멈추고 벽 앞에 섰다.

"『영원한 밤에 남는 사체의 살이여, 티끌이 되어 사라져라.』"

영창으로 마법을 행사했다. 현상이 반응하여 작용했다. 미제리아 앞에 있던 벽이 빛났고 빛이 사그라들자 검은 진흙 같은 것이 벽에서 흘러내렸다. 진흙이 모두 흘러내리니 그곳에는 낙서가 사라진 벽이 있었다.

"이 정도면 될까."

"……너, 어린아이 수준의 마력밖에 못 쓰는 거 아니었어?"

마력과 마법의 관계는 인형극으로 비유할 수 있다. 여러 〈인형〉을 연기하려면 여러 〈손〉이 필요하다. 그것과 같았다. 복잡한 마법을 쓰려면 많은 마력을 담아야 했다. 하지만 미제리아는 어린아이 수준의 마력으로 그것을 해낸 것이다.

"그야 나는 마력을 잘 다루니까. 칭찬해도 돼."

"……."

어찌 돼도 좋은 헛소리를 무시하고 벽을 바라보았다.

벽에는 〈공간전이〉 각인이 새겨져 있었다. 빨간 선이 기하학적인 모양을 형성하고 있었는데, 개중에는 로그가 모르는 것도 있었다. 극도로 정교한 각인이었다. 하지만 일부분이 누락되어 있었다. 아마 범인이 의도적으로 지웠을 것이다. 이래서는 각인도 기능하지 않는다.

"……신중한 녀석이야."

로그는 고개를 가로저었다.

"……뭐, 이 전이문을 못 쓰더라도 상관없어. 분석하면 행선지 정도는 알 수 있을 거야."

"잠깐, 로그 군. 내가 누구인지 잊었어? 나는 『마녀』야. 각인 복원 정도는 할 줄 알아."

시선을 돌려 살펴보니 미제리아가 한쪽 눈썹을 올리고서 미소 짓고 있었다.

"정말로?"

"왜 거짓말을 하겠어? 이대로 해치워 버리기로 하지. 자, 『지맥의 틈새를 흘러, 넘쳐나라 핏줄기』!"

미제리아의 말이 작용했다. 벽의 각인이 빨갛게 물들고 마치 살아 있는 것처럼 맥동하기 시작했다.

'이번에는 복원 마법인가……. 간단히 쓰는군.'

"이제 넘어갈 수 있어. 자, 범인의 얼굴이나 보러 갈까."

"잠깐 기다려. 지원군을 불러오겠어."

그렇게 말하자 미제리아에게 손목을 잡혔다. 어째서?

"재미없는 짓 하지 마, 로그 군. 우리 둘이 잡는 거야. 그게 더 재미있잖아?"

불길한 예감이 들었다.

미제리아의 웃음이 깊어졌다.

"너—"

로그가 뭐라고 말하기 전에 미제리아가 벽을 향해 뛰었다. 로

그의 몸도 끌려갔고 눈을 뜨자 실내에 있었다. 어둑했다. 의자
와 회색 책상. 바닥에는 대량의 종이 박스. 수명이 거의 다 된 형
광등이 깜빡거리고 있었다. 주위의 선반에는 너무나도 익숙한
『불법 약물』의 병이 빽빽하게 놓여 있었고 사방에서 독특한 냄
새가 났다.

"뭐야! 너희 어떻게?!"

남자가 있었다. 비만 체형에 작업복 차림. 왼손에는 병.

서로의 시선이 교차했다.

경악하던 남자의 눈빛이 무언가를 결단한 듯 굳어졌다. 남자
는 병을 쥔 채 반대쪽 손을 주머니에 찔러 넣었다. 꺼낸 것은 검
게 빛나는 권총이었다.

조준이 로그의 머리에 맞춰졌다.

로그는 미제리아에게 퍼붓고 싶은 분노의 말을 삼키고서 자
신의 손을 움켜쥐었다.

타앙.

작렬음에 맞춰 왼쪽으로 머리를 털자, 뒤에 있던 병이 소리를
내며 깨졌다. 로그는 전방으로 성큼 이동했다. 제로 거리. 간에
한 방 먹였다. 남자가 기역자로 몸을 굽히며 형언할 수 없는 소
리를 냈다. 그리고 부들부들 떨며 천장을 본 후 로그 쪽으로 쓰
러졌다. 서둘러 몸을 받았지만 무릎이 확 꺾였다.

"무거워!"

기절한 남자의 체중 전체가 로그를 덮쳤다. 부자연스러운 자

세로는 버틸 수 없다. 하지만 아무리 범죄자라고 해도 바닥에 격돌하게 둘 수는 없었다. 이를 악물며 남자를 계속 받치고 있으니 마녀의 목소리가 날아들었다.

"오오~ 제법이야, 로그 군. 거한을 순식간에 해치우다니. 칭찬해 주겠어."

"너! 보고만 있지 말고 이 녀석을 바닥에 눕히는 걸 도와!"

"미안, 나는 무력해. 도움을 줄 수 없을 것 같아."

뻔뻔한 목소리가 들렸다.

"생각에도 없는 소리 하지 마!"

"정말로 미안하다고 생각해. 응원할 테니 용서해 줘. 힘내라, 로그 군."

"젠장맞을!"

팔과 허벅지가 비명을 지르는 것을 어떻게든 버텨서 남자를 벽에 기대게 했다. 로그는 그 자리에 털썩 주저앉았다.

"하아…… 하아……."

"쉬고 있을 때가 아니야, 로그 군. 모처럼 찾은 정보원이야. 인터뷰해야지."

"도와주지도 않았으면서 말은 잘해……."

로그는 몸을 일으켰다. 권총을 회수하여 안전을 확보한 다음, 눈높이를 맞추고 남자의 뺨을 때렸다.

"이봐, 일어나."

"……아아."

남자가 살짝 눈을 떴다.

"너는 이제 감옥에 들어가겠지만, 그 전에 물어보고 싶은 게 있어."

로그는 말했다.

"네가 크라임을 죽였나?"

남자가 눈을 피했다.

"……묵비하겠어."

"시간 끌려고 해 봤자 소용없어. 현장에 네가 있는 곳으로 연결된 각인이 있었어."

"……."

로그는 한숨을 쉬고 주위를 둘러보았다.

"여기 있는 약을 압수하면 넌 감옥에서 몇 년을 썩어야 할까? 하지만 진실을 말한다면 다소 융통성을 발휘해 주겠어."

"……난 몰라."

로그는 일어났다. 흔들어 봐도 남자의 얼굴에 양심의 가책이 나타나지 않았다. ……즉, 이 녀석이 아니다.

"누군가를 감싸고 있는 건가?"

"윽!"

남자의 반응이 눈에 띄게 달라졌다. 이마에 진땀이 맺혀 있었다. 로그는 책상 쪽 의자를 가리켰다.

"저쪽 의자, 네가 앉기에는 유난히 낮아. 손님이라도 왔나?"

"……모른다고 했어."

"몇 명과 손을 잡았지? 여자인가?"

"……."

남자는 시선을 내리고 입을 다물었다.

이 이상은 시간 낭비다.

쾌락 범죄자는 다소 몰아붙이면 금방 자백한다. 하지만 누군가를 감싸기 위해 이루어지는 범죄는 달랐다. 그런 녀석은 재료를 확보하고 시간을 들여서 궁지로 몰아야 한다. 더는 저항할 방도가 없다, 그렇게 생각하게 만들어야 자백을 받아 낼 수 있다.

"이번에야말로 도와. 이 녀석을 서로 연행할 거야. 취조는 거기서 하겠어."

로그는 말했다. 남자를 일으켜 벽에 새겨진 각인으로 향했다. 하지만 뒤에 있는 마녀는 따라오지 않았다.

"이봐, 도우라니까."

"흐음, 너무 지루해."

"지루하다고?"

"좀 더 극적으로 정보를 얻는 수단이 있잖아. 예를 들어 고문이라든가."

대수롭지 않게 말해서 눈썹이 치켜 올라가는 것이 느껴졌다.

"바보 같은 소리 마. 그런 건 법률로 금지되어 있어."

"법률이라. 확실히 중요하지. 하지만 로그 군."

마녀가 검지를 좌우로 까딱이고 웃으며 말했다.

"내가 그걸 지킬 필요는 어디에도 없어. 마녀니까."

적의가 전혀 느껴지지 않아서 덩달아 같이 웃어 버릴 듯한 쾌활한 얼굴이었다. 어두운 이 장소에 전혀 어울리지 않았다. 하지만 공기가 달라진 것이 피부로 느껴져서 등골이 오싹해지기 시작했다. 명백한 차이였다. 자신이 서 있는 장소가 어느새 처형대 앞으로 변한 듯한, 그런 비약을 느꼈다.

마녀가 낭창낭창한 팔을 천장으로 들었다.

그리고 여봐란듯이.

"자, 로그 군. 인형극 시작이야."

손가락을 딱 튕겼다.

"뭐, 뭐야, 이건. 무슨 일이 벌어지고 있는 거야?!"

그 순간, 로그 옆에서 비명이 들려서 돌아보았다.

남자의 왼팔이 서서히 올라가는 것이 보였다. 하지만 마치 보이지 않는 실에 매달려 있는 것처럼 움직임이 어색했다. 꼭두각시처럼 좌우로 흔들거리며 상승했다.

"파, 팔이! 너희가 무슨 짓을 한 건가?!"

남자는 오른팔로 왼팔을 억제하려고 했지만 멈추지 않았다. 오히려—

"진정해. 그렇게 오래 걸리진 않을 거야. 뭐, 너 하기에 달렸지만."

마녀의 한마디에 오른팔의 움직임도 이상해졌다.

남자의 오른팔은 얼굴 앞까지 올라온 왼손 검지의 손톱 끝을 잡았다. 본인의 의지로 움직이고 있는 것 같지는 않았다. 안 좋은 예감이 샘솟았다.

"이, 이봐, 그만둬! 설마."

창백해진 남자에게 마녀가 말했다.

"우선 손톱을 뽑을 생각이야. 혼자서 잘할 수 있지?"

"아, 안—."

투둑.

소리가 확실하게 들렸다.

"————."

말로 표현할 수 없는 비명.

남자의 눈이 크게 뜨였고 얼굴은 온통 땀범벅이었다. 단순히 손톱을 뽑힌 게 아니었다. 자신이 직접 뽑은 것이다. 그 통증은 상상도 하기 싫었다. 어느새 로그는 마녀를 노려보고 있었다.

"……이 이상은 그만둬. 다시 감옥에 보내 버리겠어."

"호옹?"

남자를 보고 있던 미제리아의 시선이 완만하게 로그 쪽으로 이동했다. 여전히 생글거리고 있었다.

"앞으로 몇 번만 더 하면 정보를 실토해 줄 것 같은데. 그런데도 그만하겠다고?"

"……처음부터 그딴 건 부탁 안 했어."

"그게 더 효율적인데도?"

"……됐으니까 그만해."

"수사관의 자존심인가? 여기엔 우리밖에 없어. 걱정하지 마. 네가 저 남자를 희생해도 아무도 몰라."

"……마녀가 하는 말은 절대 안 들어."

「흠」하고 말하며 미제리아가 턱에 손을 올렸다.

"도저히 안 되겠어?"

"……허락 따위 할까 보냐."

"그 말은 즉, 너는 저 남자를 도와주고 싶다는 건가?"

손가락을 튕기는 소리가 들리고 미제리아의 음성이 달라졌다. 낮고 묵직한 목소리로…….

"그럼 네가 바라는 대로 해 주지."

동시에 로그의 몸이 움직이지 않게 되었다. 머리끝부터 발끝까지 완전히 경직되었다. 시선도 돌릴 수 없었다. 다물린 입속에서 유일하게 침만 삼킬 수 있었다.

'당했어.'

마법을 거는 기색 같은 건 없었을 터다.

대체 어떻게.

머리를 굴리고 있으니 남자가 몸을 웅크리며 떨고 있는 것이 보였다. 그 후 등 뒤에서 기척이 느껴졌고 머리 위에서 마녀의 목소리가 들렸다.

"네가 이제부터 받을 일은 말이지, 원래 저 남자가 받을 예정이었던 일이야. 설명해 줄까?"

아까와는 딴판으로 즐거워하는 목소리와 함께 시야에 톱이 들어왔다.

"이걸로 팔과 다리를 하나씩 자르고."

전동 드릴이 보였다.

"배에 구멍을 잔뜩 뚫고."

까뀌가 보였다.

"마지막으로 머리를 쪼갤 거야. 이걸 대신해 줄 수 있다니, 넌 대단한 녀석이야."

메뉴의 내용을 듣다 보니 현실미가 없어졌다. 자신은 지금 꿈을 꾸고 있는 게 아닐까? 하지만 한편으로 로그의 머리는 정상적으로 일하고 있었다. 이건 마녀가 실제로 하고 있는 일이고 마법의 일종이다. 인간을 인형으로 만드는 마법. 〈인형귀〉의 대표적인 마법.

생각할수록 도망칠 곳이 없어졌다.

최소한의 저항으로 혀를 깨물고자 했을 때—.

"그럼 안 되지. 내 인형이니까."

입안까지 지배당했다.

마녀가 로그의 어깨에 턱을 얹고 곁눈질로 얼굴을 보았다. 마치 마음을 읽은 듯한 반응 속도였다.

"제대로 전부 끝내자?"

귓가에서 마녀는 그렇게 속삭였다.

마녀가 말하자 로그의 오른팔이 저절로 움직이기 시작했다. 강제로 떠맡은 톱의 손잡이를 잡았다. 왼팔의 팔꿈치 관절에 톱을 대고 위아래로 세차게 긋자 재킷과 함께 셔츠가 찢어지고 금속의 차가움이 느껴졌다.

날이 피부에 닿았다.

다음 순간, 빨간 비즈가 경쾌하게 뿜어져 나왔다. 멈추지 않았다. 비즈는 한없이 분출되어 비처럼 쏟아졌고 바닥에 닿아 튀었다. 각각의 비즈가 쏙싹쏙싹 소리 내는 것을 듣고 있으려니 그 소리가 누군가의 목소리로 바뀌었다.

"알겠어. 제발! 말할 테니까 그만해!"

"허……?"

엎드린 채 차가운 바닥에 오른쪽 뺨을 대고 있었다.

"아아, 잘 잤어?"

목소리를 듣고 올려다보았다. 방금 막 자신을 죽인 소녀가 의자 등받이에 기대앉아 바퀴를 빙글빙글 돌리며 머리가락을 나부끼고 있었다.

"상당히 긴 낮잠이었네. 기다리기 지겨웠어."

"무, 무슨 소릴 하는 거야."

서둘러 몸을 일으키니 미제리아는 의자 돌리는 걸 멈추고 웃었다.

"뭐긴 뭐야, 꿈이지. 너희는 내가 준비한 꿈속에서 즐겁게 놀았던 거야. 안심하도록. 내용은 똑같아. 불평등은 옳지 못하니까."

꿈이라고?

로그는 자신의 사지를 만졌다. 아프지 않았고 상처도 없었다. 하지만 조금 전까지 느꼈던 고통은 선명하게 기억났다.

그 체험이 전부 거짓이었단 말인가.

"하하. 이렇게나 놀라 주니 기쁜걸?"

"……무슨 목적으로 이딴 짓을 했지?"

"그야 물론 서프라이즈를 위해서지. 재밌었잖아?"

웃는 마녀를 노려보고 가장자리 쪽에서 나뒹굴고 있는 남자를 보았다. 왼손을 꽉 끌어안고서 가냘픈 소리를 내고 있었다.

"자, 자, 그렇게 험악한 얼굴 하지 마. 농담이야. 정보는 제대로 손에 넣었어."

"……그 이상의 고문은 하지 말라고 했을 텐데."

"고문이라니 당치도 않아. 꿈이야. 그냥 꿈. 그리고 이래 봬도 나는 적당히 봐줬어."

"봐줬다고?"

"그래. 저 남자가 항복했기에 마법을 해제해 줬지만, 안 그럴 수도 있었어. 조금 전의 마법을 이어 가서 인격이 붕괴될 때까지 몰아붙여도 좋았고, 이렇게 다른 마법을——"

미제리아가 의자에서 내려와 웅크리고 있는 남자의 관자놀이에 손가락을 댔다. 그 즉시 남자가 소리를 지르기 시작했다.

"자, 잠깐! 말하겠다고 했잖아! 약속이랑 달라!"

"안심하도록. 간단한 시연이야."

"잠깐, 기달, 아아아아아아아아아아아아!"

넋이 나간 로그 앞에서, 미제리아가 남자의 관자놀이에 댔던 손가락을 뗐다. 그러자 남자는 소리 지르기를 멈추고 힘이 빠진 것처럼 쓰러졌다.

"〈기억해독〉이야. 이건 타인의 인생을 읽을 수 있지만 결점이 있어. 직접 기억을 건드리면 섞여 버려서 그 기억이 망가지거든. 눈을 가린 채 퍼즐을 맞추는 것과 같아. 뭐, 방금 그 정도 수준으로는 많이 읽을 수 없었고, 의식을 잃을 뿐이지. 하지만 그 이상으로 나아가면? 완전한 인형이 완성되는 거야. 무슨 말을 하고 싶은지 알겠어? ……나는 수단을 가렸다는 거야."

"……."

말로 표현할 수 없는 패배감이 들었다. 그건 언제든 사건을 해결할 수 있다는 말이나 다름없지 않은가.

"어떻게 할래? 로그 군. 수단을 가리지 않는 방향으로 검토해 볼래?"

또다시 미제리아는 로그를 시험하듯 눈을 가늘게 떴다.

"……하지 마. 기억이 망가지잖아."

"음? 상냥해라."

"······시끄러워."

납득할 수 없었다.

타인의 고통 따위 아랑곳없이 수단으로서 『그것』을 택하는 마녀를. 그리고 그딴 것에 한순간이라도 공포를 느껴 버린 자기 자신을······.

'개자식.'

그렇게 마녀를 욕하며 의식을 잃은 남자를 일으키려고 했고, 목소리가 튀어나왔다.

"뭐······."

남자의 손톱은 뽑혀 있지 않았다.

"······언제부터. 언제부터 꿈이었지?"

멍하니 중얼거렸다.

"네가 법률 얘기를 꺼냈을 때부터. 잠꾸러기 씨."

대답이 있었다.

"······왜."

"음? 그렇게나 그 남자의 손톱을 뽑고 싶었어? 네가 그걸 바란다면 해 줄 수도 있는데."

명치를 세게 맞은 느낌이었다.

"······마녀 자식."

"마녀긴 하지. ······근데 내 즐거움 중 하나가 뭔지 알아?"

로그는 대답하지 않았다.

대신 고개만 돌려 마녀의 얼굴을 보았다.

"너 같은 인간이 타락하는 순간을 보는 거야. 각오해 둬, 로그 군."

오싹하리만큼 아름다운 얼굴이었다.

◇

캄캄한 방에 불이 켜졌다.

외출하고 돌아온 〈탈명자〉는 오늘 아침 막 잡은 사냥감을 바라보았다. 이상은 없어 보였다. 방에 누군가가 침입한 흔적은 없었다.

―이곳은 누구도 찾을 수 없겠지만.

사냥감은 축 늘어져 지친 모습이었으나 〈탈명자〉를 노려보는 눈은 변함없이 반항의 뜻을 전달하고 있었다.

그건 좋지 않다고 〈탈명자〉는 생각했다. 적대하고 싶은 건 아니었다. 그래서 〈탈명자〉는 이렇게 말했다.

"괜찮아. 너는 운이 좋아."

사냥감이 곤혹스러워하는 것을 〈탈명자〉는 알 수 있었다.

"너에게는 중요한 역할이 있어. 세계를 바꾸기 위한 역할이야."

사냥감의 눈에 빛이 깃드는 것이 보였다. 살 수 있다고 생각했을지도 모른다. 하지만 착각하는 것도 좋지 않았다. 〈탈명자〉는 진실을 전하기로 했다.

"네 역할은 늙는 거야. 앙상하게 시들어 목숨을 잃을 때까지 버티는 것이 널 기다리는 운명이야."

다시 사냥감이 낑낑댔다. 재갈을 물려 뒀음에도 불구하고 귓가에 울릴 만큼 소리가 컸다. 〈탈명자〉가 손을 뻗을 때도 계속해서 낑낑거렸다.

2장 마녀에게 목줄은 어울리지 않는다

연행한 남자의 이름은 잭 놀. 직업 〈마약상〉. 약물법을 빠져나가는 것 정도는 그에게 식은 죽 먹기였다.

잭은 결국 고문으로 실토한 것 이상의 내용은 말하지 않았지만 자기 자신에 관해서는 웅얼웅얼 알아듣기 어려운 목소리로 이야기했다.

그 방에서 불법 약물을 조제하고 있었다는 것.

전역 후 고용해 주는 곳이 없어서 어쩔 수 없이 그랬다는 것.

아무튼 돈이 필요했다는 것.

피해자와 면식은 없다는 것.

〈공간전이〉 각인은 고객이 장난친 것일지도 모른다는 것(이건 궁색한 변명이리라. 방의 방범 대책은 완벽했다).

신문은 지역 관할 서에서 이루어졌고, 정보를 얻은 후에는 유치장에 넣고서 로그와 미제리아는 제6부서로 돌아왔다. 승강기가 하강하는 것을 기다리는 동안, 미제리아는 손에 넣은 성보라는 것을 이야기했다.

"잭 놀은 말이지, 어린아이가 말을 걸어왔다고 했어. 그 녀석이 각인을 만들라고 시켰대. 참고로 그 아이는 잭 놀이 퇴역 군인이라는 것도 알고 있었다나 봐. 그 남자 말로는 군 관계자의 자녀일지도 모른다고 했어."

"군 소속인가······. 그쪽을 조사해 볼까."

"짚이는 게 있나?"

로그는 고개를 끄덕였다. 현재 군대가 문제를 일으켰다는 이야기는 못 들었고 정보 통제도 이루어지고 있다. 그렇다면 더 과거를 파 봐야 한다.

"······정화 전쟁이라고 알아?"

물어보자 미제리아가 아득한 눈을 하며 말했다.

"정화 전쟁이라. 그런 일도 있었지. 나이를 먹으면 아무래도 기억력이 떨어져."

"뭐야, 노인처럼. 너 몇 살이야?"

"1200살."

"······진짜냐."

로그가 그 전쟁에 관해 아는 것은 그리 많지 않다.

전 세계의 민중에게 마법이 퍼진 초기에 있었던 일이다.

발단은 종교 국가 세그메드였다. 「마법은 위대한 신이 주신 선물이니 하등 계급이 사용하는 것은 결단코 용납되지 않는다」라는 구실로 세그메드는 이웃 나라에 전쟁을 일으켰다.

황국의 『2대 귀족』은 이웃 나라에 자국 병사를 지원하여 세

그메드를 멸망시켰다. 그때 『2대 귀족』은 과도한 군사 개입을 했다며 타국으로부터도 자국으로부터도 비난을 받았다.

그런 경위가 있어서 정화 전쟁에 참가했던 부대는 전쟁 종결과 함께 해체되었고, 참전자의 데이터는 개인 정보 보호를 위해 전부 파기되었다. 수사관이어도 그들의 정보를 입수할 수는 없었다.

"도착했어."

미제리아가 말하자 승강기 문이 열렸다.

빛이 퍼진 너머에서 리코가 기다리고 있었고 로그와 미제리아를 보자 인사했다.

"어서 오십시오, 로그 수사관, 미제리아."

이런 말을 듣고 안도한 것은 처음이었다. 기분이 묘했다. 자신은 지금 돌아온 것이라는 실감이 들었다.

로그에게 그런 기분을 느끼게 한 장본인은 태평하게 리코에게 말하고 있었다.

"여, 리코. 잘 있었어?"

"그렇지는 않습니다."

"흐응?"

리코가 홀을 가리켰다.

"마녀 여러분의 시중을 들고 있었기에."

확실히 리코 말이 맞았다. 로그의 시선 끝에는 완전히 풀어진 마녀들의 모습이 있었다. 그야말로 자유 시간이라는 느낌으로 트럼프를 하거나 뭔가를 먹거나 하고 있었다. 수다 떠는 소리도 들렸다.

하지만 로그가 홀 중앙에 들어서자 그 모든 소리가 멎었다.

로그를 보고 있었다.

무표정하지만 마치 초대받지 못한 손님이 온 것처럼 눈으로 묻고 있었다.

왜 무사한 거냐고.

공기가 팽팽해졌다. 피부에 소름이 돋는 것 같았다. 10초 전까지 안도하고 있었는데 순식간에 상황이 바뀌어 버렸다.

"음? 다들 왜 그런 얼굴이지?"

옆에 있는 미제리아가 이상하다는 듯 말했다. 물론 일부러 그랬을 것이다. 다른 마녀가 반응하지 않을까 조마조마하고 있으려니 마침내 위에서 목소리가 들렸다.

"왜 그 녀석을 안 죽이고 왔나 싶어서 그렇지!"

올려다보니 펜스를 뛰어넘는 그림자가 있었다. 그림자는 공중에서 몇 번이나 회전하고 로그와 미제리아 앞에 착지했다. 몇 미터나 되는 높이인데 균형이 거의 무너지지 않았다.

소녀였다.

어깨에 징이 달린 재킷을 입고 선글라스까지 쓰고 있었다. 하지만 키는 작아서 로그보다 머리 하나 정도 낮았다. 그런지라 어린아이가 역할 놀이를 하는 것처럼 보이기도 했다. 물론 목에는 미제리아와 마찬가지로 〈목줄〉이 채워져 있었다.

―이런 소녀도 마녀인가?

그렇게 생각하고 있으니 미제리아가 생글거리며 말문을 열었다.

"여, 후마후. 기분은 어때?"

"너…… 왜 신입을 안 죽였어? 내가『죽이는 방법』에 내기한 거 알고 있었잖아?"

선글라스를 쓴 소녀가 위협적인 목소리를 냈지만 미제리아는 태연히 대답했다.

"그랬던가? 나이를 먹었더니 기억력이 안 좋아서."

"개자식!"

선글라스를 쓴 소녀가 미제리아의 목을 오른손으로 잡더니 그대로 허공으로 들어 올렸다. 믿기 힘든 괴력이었다. 별로 힘을 주고 있는 것처럼 보이지도 않는데 미제리아의 다리가 완전히 공중에 떠 있었다.

"후마후. 금방 화내는 건 너의 나쁜 버릇이야."

다리를 바동거리며 미제리아가 말했다.

"사람 열받게 말하는 건 너의 나쁜 버릇이고. 그 가느다란 목을 분질러 주겠어."

그때 갑자기 미제리아가 로그에게 윙크했다. 그 모습을 선글라스 쓴 소녀가 확실하게 목격했다.

"방금 그거 뭐야?"

선글라스를 쓴 소녀가 언성을 높이자 미제리아가 자못 자랑하듯 말했다.

"짧은 시간이긴 했지만 로그 군과는 우정을 맺었거든. 나 대신 나쁜 아이를 야단쳐 줘."

"호오…… 그러셔……."

선글라스를 쓴 소녀의 목소리가 점점 낮아졌다. 뾰족한 송곳니를 드러내고서 로그를 노려보았다.

'저 자식! 나를 끌어들였어!'

"네놈부터 먼저 죽을래?"

가볍게 나온 그 한마디는 자신을 구속하는 〈목줄〉의 존재를 잊은 것 같았다. 사고방식이 이상했다. 사람을 죽이면 자신도 즉사하는데 어떻게 그런 말을 할 수 있는 걸까.

설득이 통하지 않는 이상, 각오를 다질 수밖에 없다.

"……그 녀석한테서 손 떼."

마주 노려봐 줬다. 곰곰이 생각해 보면 이런 양아치 같은 족속은 수없이 상대해 왔다. 마녀든 아니든 그게 무슨 대수인가. 그리고 똑같은 마녀인데 미제리아와 비교하면 전혀 무섭지 않았다.

"네놈…… 날 꼬나봤겠다?"

소녀— 후마후가 로그에게 훅 다가왔다. 피가 거꾸로 솟았는지 오른손을 신경 쓰지 않는 것 같았고 미제리아가 내던져지는 것이 보였다.

후마후가 양손을 옷 속에 집어넣었다. 그리고 다시 나온 양손에는 과일칼 두 개가 쥐어져 있었다.

"싸구려 무기를 좋아해서 말이지. 이런 걸로 몇백이나 죽였어. 네놈도 싸구려의 예리함을 맛보도록 해."

후마후가 원형 테이블에 과도를 겨누고 외웠다.

"〈기관〉."

다음 순간, 은색 섬광이 번뜩였고 테이블의 다리가 남김없이 절단되었다. 테이블이 낙하하며 고막을 진동시켰다. 움직임이 너무 빨라서 제대로 보이지 않았다. 하지만 후마후의 손으로 돌아온 과도를 보고 로그는 이해했다.

과일칼 두 자루는 후마후의 손 위 몇 센티미터 거리에 떠 있었다. 그것들이 잠자리처럼 정교하게 움직여 테이블의 다리를 절단한 것이다.

물체 조작 마법. 이 정도 수준은 처음 봤다. 이성이 지금 당장 도망치라며 적신호를 켰다. 등 뒤를 보았지만 문은 여전히 닫혀 있었다.

"젠장!"

후마후가 천천히 로그 쪽으로 몸을 돌렸다.

미제리아는 그서 보고만 있었다. 리코는 싸울 수 있을 것처럼 보이지 않았다. 도와줄 사람은 없었다.

주먹을 들었다.

'할 수밖에 없나……!'

걸어오며 후마후가 말했다.

"싸구려의 예리함…… 맛보도록 해."

"엉?"

"네놈도 싸구려의 예리함…… 맛보도록 해."

"그 말은 방금 들었─."

"싸구려의 예리하므…… 흐아암."

뭔가 모습이 이상했다. 연신 하품을 하고 있었다.

"사구려으…… 예이하므……."

그때 눈을 비비려고 했는지 선글라스에 후마후의 손이 닿았다. 바닥에 선글라스가 떨어지며 그녀의 눈이 노출되었다.

귀한 집 아가씨 같은 순한 눈이었다. 하품을 해서 눈물이 맺혀 있고 충혈되어 새빨갰다. 마치 익숙하지 않게 밤을 새운 날 같았다.

로그는 아연해하며 말했다.

"너, 졸린 건가?"

"시끄러, 나느웅."

과도가 날아왔지만 거북이보다도 느려서 간단히 피할 수 있었다. 과도는 불안정한 궤도를 그리며 그대로 엉뚱한 방향으로 날아갔고 후마후도 「아아~」 하고 앞으로 쓰러섰나. 딱히 도와줄 이유는 없지만 로그는 일단 그녀의 몸을 받아 줬다.

"조, 졸려……."

"이 녀석 뭐야……."

품에 안은 채 그렇게 중얼거리자 리코의 목소리가 들렸다.

"후마후, 귀족 평의회가 지은 그녀의 식별명은 〈불면수(不眠獸)〉. 일곱 번째 마녀입니다. 사람을 죽이지 않으면 잘 수 없는 체질로, 감옥에 수감된 뒤로는 만성적으로 수면 부족입니다."

살펴보니 후마후는 엄청나게 졸린 얼굴로 「흐아…… 흐아」라고 말하고 있었는데, 눈이 감기려고 하면 바로 번쩍 떴다. 로그의 품속에서 그걸 계속 반복하고 있었다.

"이봐, 걸리적거려."

"졸려…… 잘래."

"나는 너의 베개가 아니야. 얼른 비켜."

"시러~ 여기서 잘 거야아……."

후마후는 로그에게 매달려 고개를 흔들었다.

리코가 안도한 목소리로 말했다.

"시러시러 단계에 들어갔군요. 이 틈에 떼어 내죠."

익숙한 솜씨로 로그에게서 후마후를 받아 바닥에 질질 끌고 갔다.

저도 모르게 감탄했다.

"……리코 씨, 용케 이런 데서 일하고 있네. 존경스러워."

"이해해 주셔서 감사합니다."

리코는 1밀리쯤 입꼬리를 올린 것 같았다. 그런 다음 인사하고서 후마후를 홀 안쪽으로 데려갔다. 그녀들의 모습이 사라지는 것을 멍하니 지켜보고 나니 녀석에 대한 분노가 다시 타올랐다.

"……잘도 나를 끌어들였겠다."

스스로도 깜짝 놀랄 만큼 뾰족한 목소리였다. 내던져진 자세 그대로 나뒹굴고 있는 녀석이 대답했다.

"이야~ 미안해. 하지만 로그 군 믿음직스럽네. 멋있었어."

"생각에도 없는 말 하지 마."

"생각해. 굉장히 생각해. 이야~ 후마후한테서 도와줬을 때의 로그 군 너무 멋있었어. 거리에 나가서 자랑하고 싶어. 우리 로그 군이 너무 멋있다고 말이야."

"사람을 아주 우습게 보지. 그 마녀한테 네 특기인 꿈이든 뭐든 보여 줘서 알아서 살아났으면 됐잖아."

"흠, 그건 어려운 제안이야."

미제리아가 몸을 일으켜 로그 쪽으로 걸어왔다. 아주 진지한 얼굴을 하고 있었기에 당황했다.

"……뭐가 어려운데."

"그야 목줄의 제한이 있으니까. 그런 마법은 짧게만 쓸 수 있어. 목을 붙잡힌 시점에 내가 진 거야."

"……그럼 왜 싸움을 걸었는데?"

"재미있기 때문일까? 하지만 이번에는 괜찮을 것 같았어."

미제리아가 어째선지 쑥스러워하는 것처럼 씩 웃었다.

"이번에는……? 너 이런 일을 여러 번 저지른 거야?"

"두 손 두 발로는 다 셀 수 없을 만큼 저질렀지."

한숨이 나왔다.

진심으로 어이가 없었다.

"……넌 학습 능력이 없어?"

"고통도 지나고 나면 흐릿해진다고 하잖아. 지나간 과거를 생각하는 건 바보나 하는 짓이야."

"그거 자기소개하는 거지?"

그때 물건이 털썩 떨어지는 소리가 나더니 묘하게 허둥거리는 목소리가 끼어들었다.

"다, 당신 어째서 미제리아와 얘기하고 있는 거죠?"

"……허?"

돌아보니 어느새 새로운 소녀가 있었다. 머리는 흐린 갈색이었고 수녀복을 입고 있었다. 로그를 가리킨 손가락을 부들부들 떨고 있었다. 발밑에는 방금 떨어뜨린 듯한 책이 떨어져 있었다.

"괘, 괜찮은 건가요? 다친 곳은? 머리에 무슨 짓 안 당했나요?"

소녀는 얼핏 보면 이곳에 어울리지 않는 것 같았다. 시선은 이리저리 움직이고 귀는 새빨갛고…… 마녀로서의 자신감도 긍지도 전혀 없어 보였다.

"뭐, 특별히 다친 곳은 없는데……."

어떻게 반응할지 망설이다가 로그도 어물어물 그렇게 말했지만 소녀는 여전히 당혹스러워했다. 로그의 목소리가 들리고 있는지도 의심스러웠다.

"이런, 이런, 먼저 이름을 말해야 누구인지 알지. 자, 전에 얘기한 그거랑 같이 해 봐."

그러나 미제리아가 히죽히죽 웃으며 그렇게 말하자,

"그, 그렇죠. 저는—."

소녀는 갑자기 허리에 왼손을 얹고 오른손을 앞으로 내밀었다. 장갑을 낀 손이 눈가에서 V자를 만들고 있었다.

"저는 〈성녀〉 카트린! 세 번째 마녀로, 참수 기한은 3800년! 두려움에 떠세요, 로그 마카베스타!"

"아……."

어떻게 반응하면 좋을지 알 수 없었다. 일단 말하고 있는 본인이 부끄러워하고 있었다. 비취색 눈에는 눈물이 차오르려고 했고 하얀 피부는 뜨거운 물에 몸을 담근 것처럼 빨개져 있었다. 포즈를 취한 채 파르르 떨고 있었다.

자신 있게 행동해 준다면 모를까 어중간하게 포즈를 취하면 로그도 어떻게 옹호할 수가 없었다.

"로, 로그 수사관?! 저, 저는 〈성녀〉 카트린! 세 번째 마녀로 참수 기한은 3800년!"

못 들었다고 생각했는지 〈성녀〉 카트린이 똑같은 말을 반복했다.

"……그만 됐어."

공조기의 바람이 부드럽게 불었다.

"아, 그, 그래요."

팔을 내린 카트린은 고개를 숙였다. 그 상태로 시선만 들어로그 옆에 있는 미제리아를 노려보았다.

"……미제리아."

"음? 왜 내가 독이라도 탄 것처럼 쳐다보는 거지?"

"당신이 절 속였으니까 그렇죠!"

"속였다고? 누가 들으면 오해하겠어. 나는 방금 그 포즈를 취하면 신입이 너한테 겁을 먹을…… 수도 있다고 말했을 뿐이야."

"당신 때문에 저는……! 저는!"

"잘됐잖아. 자기소개할 수고도 덜고. 로그 군. 카트린은 이런 녀석이야. 자, 이만 가자."

"잠깐만요, 로그 수사관! 저는 이렇지 않아요! 더 유능해요!"

카트린이 매달리는 듯한 기세로 말했다.

"아니, 저런 느낌이야. 옛날에는 한가락 했던 모양이지만 지금은 한물간 것 같아. 이것 참…… 시간의 흐름은 잔혹해."

미제리아가 유감스럽다는 듯 고개를 흔들었다.

「당신은 조용히 하세요, 미제리아!」라고 카트린이 말했다.

"로그 수사관! 저는 수사에 참가하고 싶어요! 정보를 가르쳐 주시겠어요?!"

"하아…… 그럼 가자."

로그는 한숨을 쉬었다.

"그럴 수가……."

카트린이 절망한 표정을 지었다.

「그래. 카트린과 상종하다가는 해가 저물어 버릴 거야」라고 말하며 미제리아가 어깨를 으쓱였다.

"너 말고."

"어?"

미제리아가 얼떨떨해하는 표정을 지었다. 이런 얼굴은 처음 봤다.

고소하게 여기며 로그는 카트린에게 말했다.

"이 녀석이 없는 데서 얘기하자. 정보를 교환하고 싶어."

"로, 로그 수사관!"

카트린이 초롱초롱 눈을 반짝였다. 그러자 미제리아가 끼어들었다.

"어째서 나를 빼는 거야?! 이상하잖아! 단호히 항의하겠어!"

"항의 같은 소리 하네! 네가 있으면 언제까지고 이야기가 진행되질 않잖아! 어째서 너는 그렇게 남을 놀리는 거야?!"

미제리아는 백은색 머리를 쓸어 올리며 자신만만하게 말했다.

"어쩔 수 없잖아! 남을 놀리는 건 내 삶의 낙이야."

"그딴 삶의 낙은 버려."

"아니지…… 아니야, 로그 군. 무릇 인생이란 타인이 자신을 위협하고—"

"가요! 로그 수사관."

"갈까."

"로그 군?!"

◇

책상이 있는 적당한 빈방으로 이동했다. 미제리아는 도중까지 끈질기게 따라왔으나 항의를 철저히 무시하자 불퉁한 얼굴로 돌아갔다. 어차피 그것도 시늉이겠지만…….

"고, 고마워요, 수사관. 도움을 받았어요."

카트린이 미안해하며 말했다.

비취색 눈과 반듯한 외모는 보는 이에게 경외심을 불러일으킬 것 같지만 축 처진 눈썹이 그 인상을 망치고 있었다. 목에 있는 목줄은 소심한 소녀가 펑크 밴드를 동경하여 무심코 찬 것처럼 보였다.

"그 사람 불편해요. 항상 저를 놀리고."

"진심으로 동정해. 나도 그 녀석은 용서할 수 없어."

로그는 그렇게 말했다.

"하, 하아…… 그런가요?"

"뭐, 그 녀석 때문에 시간 잡아먹는 것도 아까우니 이야기를 진행하지. 이게 수사 자료야."

그렇게 말하고 단말에서 인쇄한 자료를 책상에 펼쳤다.

"……그렇군요."

진지한 얼굴로 카트린은 자료를 보았다.

"전임자가 있었을 때도 수사에 참가했었어?"

"⋯⋯."

"듣고 있어?"

"듣고 있어요오오."

카트린은 갑자기 눈물을 흘리기 시작했다.

"이, 이봐⋯⋯ 왜 그래?"

「그치만, 그치만」 하고 카트린은 흐느꼈다.

"전임자는 아주 좋은 사람이었어요. 하지만 미제리아가 자살하게 만들어서⋯⋯. 친해졌다고 생각했었는데⋯⋯ 우으."

"미, 미안. 괜한 질문을 했네."

「괜찮아요. 신경 쓰지 마세요」라고 카트린이 말했다.

"아, 그러고 보니 빌린 책 못 돌려줬어⋯⋯ 우으으으."

"아니, 신경이 쓰인다고!"

지적하지 않을 수 없었다.

이야기가 딴 길로 샜다. 로그는 헛기침을 했다.

"아무튼 넌 수사에 협력해 준다는 거지? 보아하니 다른 녀석들은 나랑 상종하고 싶지도 않은 것 같던데."

"물론이죠."

카트린이 손수건으로 얼굴을 닦았다.

"이런 잔혹한 범인, 내버려둘 수 없어요."

심약해 보이는 눈빛이 사라졌다. 순수하게 사건 해결을 바라는 것처럼 보였다.

하지만.

"……그건 진심인가?"

로그는 말했다.

"진심이요?"

"잔혹한 범인을 내버려둘 수 없다고 한 거. 네가 무슨 짓을 했는지는 모르지만, 그 바보는 인간에게 위해를 가하고 싶어서 참을 수가 없다는 느낌이었어. 다른 녀석들도 그렇고. 협력해 주는 건 상관없어. 하지만 수사를 핑계로 자신의 욕망을 채우려 들면 곤란해."

대답을 기다렸다. 자신은 안 그렇다고 화를 낼까, 아까처럼 울까, 아니면 마녀로서의 본성을 드러낼까. 10초쯤 기다렸을까. 카트린이 갑자기 눈을 휘었다.

"당신은 좋은 사람이네요."

"이해가 안 가는데."

"굳이 확인하셨잖아요. 보통은 마녀에게 그런 질문 안 해요."

"……그렇다고 해서 『좋은 사람』이 되는 건 아니잖아."

"좋은 사람이에요. 저는 알 수 있어요!"

로그는 살짝 동요했다.

미제리아와 다른 마녀는 타인 따위 알 바 아니라는 태도였다. 하지만 카트린은 어떠한가. 전혀 무해하지 않은가.

'아니…… 역시 그렇게 생각하는 건 위험해.'

여기 있는 것은 모두 마녀다.

무해한 마녀 같은 건 있을 수 없다. 있어도 될 리가 없다. 마녀는 모두 인간에게 해를 끼친다.

로그는 말했다.

"넌 여기서 나가고 싶다는 생각 안 해?"

"해요. 안데워스에 수감되어 있었을 때도 생각했고, 여기서도 매일 밤 생각해요."

'거봐. 결국 그저 밖에 나가고 싶은 거야.'

카트린은 눈썹을 내렸다.

"수사관…… 그거 아니요? 수사에서 활약하면 마녀에게 특혜가 주어져요."

아무리 마녀라도 공짜로 부려 먹지는 않는다는 건가.

"어떤 걸 주는데?"

"인형이라든가 책이라든가…… 아! 그리고 디너가 호화로워지기도 해요."

"뭔가 착취당하는 느낌인데."

"그렇지 않아요! 금요일에는 텔레비전을 볼 수 있어요!"

"……"

"소망도 들어줘요. 이를테면…… 여기서 해방된다든가."

"그런 게 가능해?!"

갑자기 폭탄을 던져서 저도 모르게 외쳤다. 카트린이 쓴웃음을 지었다.

"거의 힘들어요. 미제리아조차 해방되진 않았죠. 유일한 수단이 있다면 나라를 구하는 수준의 공적을 올리는 거예요. 그 정도는 해야 겨우『2대 귀족』이 움직여 줄 거예요."

"황국에 머물 수 있는 것도 아니잖아?"

"네. 국외 추방이라는 형태가 돼요. 눈을 가리고 모르는 나라에 휙 버리는 거죠. 물론 〈목줄〉을 채운 채 무일푼으로."

"살기 힘드네."

"당연하죠. 마녀에게는 무슨 짓을 해도 용납돼요. 왜냐하면 마녀는 악인이니까요."

"……너도 그렇다고 말하고 싶은 거야?"

카트린이 고개를 끄덕였다.

"……저는 이래 봬도 옛날에는 사람들을 도우려고 했었어요. 황국 전체의 어려움에 처한 사람들을 마법으로 도왔어요. 하지만……."

로그는 묵묵히 뒷말을 재촉했다.

"어느 날 실패해 버렸어요. 많은 사람이 있었어요. 몇만 명이나 있었을지도 몰라요. 그런 곳에서 마법이……."

목에서 짜내는 듯한 목소리가 들렸다.

카트린은 로그에게서 고개를 돌렸다.

"죄송해요……. 쓸데없는 얘기를 해 버렸네요……. 그럴 시간은 없죠?"

"……그래."

거짓말인지 사실인지, 어느 쪽인지 정할 수 없었다. 생각해 버리고 말았다. 마녀로 간주된 자는 모두 잔인한 악당뿐인가.

카트린처럼 우발적인 사고로 황국에 손해를 끼친 경우, 그 사람의 선악은 무시되지 않을까.

성격 비틀린 그 마녀 쪽이 훨씬 대하기 쉬웠다. 악하다고 결론짓고 대하는 것이 그나마 나았다.

"로그 수사관, 그럼 군인을 중심으로 수소문해 볼게요. 그…… 얘기를 들어 줘서 고마워요……."

카트린이 말했다. 그 말을 들은 순간, 로그는 자신도 믿을 수 없는 선택을 했다.

"아~ 군인 관계라면 3구의 『팝마트』라는 곳에 있는 다니엘이 자세히 알아. 관음증 환자 같은 녀석이라 군대의 불상사를 모으는 게 취미거든. 내가 명령해서 왔다고 하면 순순히 실토해 줄 거야."

"……네?"

카트린은 눈을 깜빡이며 로그를 보았다.

로그는 「나는 바보인가」 하고 자신을 욕했다. 마녀에게, 범죄자에게 수사관의 정보원을 가르쳐 주다니 말도 안 되는 일이었다. 하지만 가르쳐 주고 말았다.

'난 무슨 짓을…….'

"아…… 그거야, 그거. 그 왜, 시간 낭비하지 않으려면 따로 조사하는 게 낫잖아? 나는 다른 정보상한테서 뒷받침할—."

"수사관!"

안겼다.

의외로 보기보다 풍만한지, 말랑하면서도 중량이 있는 감촉이 전해졌다.

"……!"

사고가 둔해졌다. 전달되는 감촉이 모든 것을 지배했다. 지금 뭐가 로그에게 달라붙어 있는 거지?

"……떠."

"떠? 왜 그러세요? 어라? 새빨개요."

"떠, 떨어!"

"떠러? 갑자기 무슨 소리예요?"

말을 알아듣고자 했는지 카트린은 로그의 입가로 자신의 귀를 가까이 댔다. 헤어라인이 확실하게 보였다. 그리고 비누 향이…….

로그가 건투한 보람도 없이, 카트린이 떨어진 것은 1분이 지난 후였다.

미제리아가 로그를 찾아온 것은 그로부터 5분이 더 지난 후였다. 미제리아는 문을 열자마자 우뚝 멈춰서 개처럼 코를 킁킁거리더니 중얼거렸다.

"이것 참, 곤란하네."

"……무슨 소리야?"

녹초가 된 목소리로 로그는 말했다.

「흠, 개인적인 얘기야. 나한테도 이것저것 사정이 있거든」이라고 미제리아는 말했다.

"자, 로그 군! 방해꾼도 사라졌으니 수사를 재개하자!"

"……너랑 수사하는 건 이제 사양이야."

"내가 로그 군을 쉽게 둘 리 없잖아? 같이한 시간은 짧지만, 이해해 줬을 줄 알았는데."

"이봐, 마녀. 사람은 그렇게 간단히 서로를 이해하지 못해."

"그럼 나도 노력하겠어. 친하게 지내자."

"시끄러워, 닥쳐."

"태클이 조금 난폭하지 않아? 로그 군!"

속이 약간 후련해졌다. 꼴좋다.

미제리아는 자신의 머리카락을 손가락에 감으며 토라진 모습으로 말했다.

"잭 놀이 있던 곳에서 압수한 약의 해석이 나왔다고 해."

"빠르지 않아?"

로그는 말했다.

"여기에 과학수사대가 있는 것도 아니잖아. 누가 해석했는데?"

"물론 우리, 마녀가 했지."

"……설마 너, 증거품을 훔쳤어?"

"말이 너무 심하다. 살짝 빌렸을 뿐이야. 조금 줄어들어도 문제없잖아."

"문제가 없긴, 큰 문제지!"

"경찰에 맡기면 조기 해결은 바랄 수 없어."

그러고 나서 미제리아가 배기구를 향해 말했다.

"어~이, 안제네. 네 차례야~."

로그는 고개를 들고 긴장했다.

"……설마 거기서 나오는 건가?"

"불렀어?"

귓가에 속삭여서 로그는 소리를 질렀다.

"오오?!"

돌아보니 뒤에 소녀가 바짝 붙어 있었다.

로그는 펄쩍 뛰듯이 그 자리에서 물러나 다시금 소녀를 보았다. 상당히 키가 커서 올려다봐야 했다. 로브를 걸쳤고, 오른쪽 눈은 앞머리에 가려져 있었다. 버드나무 같은 모습과 어우러져 유령 같은 인상을 줬다.

미제리아가 설명했다.

"〈해결사〉 안제네. 폭탄 제조, 독살, 부검, 해킹, 그 외 여러 가지를 취미로 소화하지. 여기서는 거의 감식관 역할이야. 귀속 평의회가 매긴 번호는 첫 번째고."

"방금 왜 굳이 놀래킨 거야?!"

"후후후후, 미제리아, 이 사람 시끄러워."

"그치~?"

"때려눕혀 버린다."

로그가 노려보자 미제리아는 「흐응~ 할 수 있으면 해봐~ 어서, 해보라니까?」라고 말했다. 주먹이 나가려는 것을 의지의 힘으로 억누르고, 로그는 새로 나타난 마녀에게 물었다.

"……해석 결과는?"

"우후후후후, 근강화제에 마력강화제, 진통제와 그 외 여러 가지가 블렌딩된 스페셜 드링크였어. 마시면 일주일은 쉬지 않고 움직일 수 있는 물건이지. 슈퍼히어로라도 만들고 싶은 건가, 하는 생각이 들 만큼 기합이 들어가 있었어. 우후후후후."

버드나무 같은 장신을 굽히고서 안제네가 웃었다.

"슈퍼히어로를 만드는 약인가……. 딱 봐도 다음 범죄를 준비하고 있다는 느낌이군."

로그의 말에 미제리아가 고개를 끄덕였다.

"그렇겠지. 오히려 지금까지 저지른 건 단순한 연습이었을지도 몰라. 자신의 마법 희생자를 그렇게 뒷골목에 버려둘까? 공들여 꾸민 것도 아니니, 그들은 범인에게 그 정도 가치였다는 거겠지."

불쾌한 추측이지만 미제리아의 말은 핵심을 찌르고 있었다.

범인이 자신의 발자취를 숨긴 노력에 비해 희생자 은폐는 조잡했다. 오히려 발견해 주길 원했을지도 모른다. 로그는 안제네에게 물었다.

"잭 놈은 이번 말고도 그 약을 만들었었나?"

"아니. 외국에서 들여온 재료도 있었지만, 서버를 해킹해서 구매 이력을 봐도 이번이 처음이야. 우후, 오로지 친구를 위해 조합해 줬다는 느낌이지. 우후후후후, 우정이야."

그렇게 말하며 안제네가 등을 돌렸다. 굽이 있는 구두를 신고 있는데 소리도 없이 걸어가 문손잡이를 잡았다.

"어디 가는 거야?"

"돌아가려고. 일은 끝났는걸. 후후. 나머지는 알아서 힘내. 우후후후후."

스산한 목소리와 함께 문이 닫혔다.

마녀치고는 상당히 담백했다. 맥 빠지는 느낌을 받고 있으려니 미제리아가 말했다.

"안제네는 늘 방에 틀어박혀 있어. 마법 연구를 하고 있다나 봐."

"연구라니…… 그런 걸 시켜도 괜찮은 거야?"

"글쎄? 괜찮지 않을까?"

"너한테 물어본 내가 바보지……."

적어도 〈목줄〉이 있는 이상은 통제할 수 있다. ……그럴 터다.

불안을 느끼며 미제리아에게서 시선을 떼고 자료를 나시금 확인했다. 잭 놈은 사흘 후 유치장에서 풀려나기로 되어 있었다. 기소할지 말지는 아직 보류 중이었다. 〈탈명자〉의 정보를 쥐고 있는 것은 틀림없고, 풀어 두는 편이 이용 가치가 있다. 문제는 어떻게 궁지로 몰아가는가다.

유치장에서 촬영한 언짢아 보이는 얼굴의 남자를 보고 있으니, 미제리아가 상체를 내밀어 들여다보았다.

"역시 고문이 제일 간단히 끝나지 않을까? 어쨌든 한 번은 성공했잖아."

"······그런 짓은 안 시켜."

"그럼 대안이라도 있나?"

"고작 친구를 위해 목숨을 거는 녀석이야. 보나 마나 〈기억해독〉 대책도 해 뒀을 거야. 부지런히 다리를 놀릴 수밖에 없어."

미제리아는 생글생글 웃고 있었다. 로그가 쩔쩔매는 모습을 그렇게나 보고 싶은가.

"그런 걸로 해 줄게, 로그 군."

말투에서 악의가 느껴졌다. 로그는 혀를 찼다.

"하지만 친구를 「고작」이라고 말하면 안 되지. 친구는 만들어 두는 게 좋아. 여차할 때 무상으로 움직여 줘서 아주 도움이 되거든."

"그건 친구가 아니잖아."

"우정이 꼭 쌍방향인 건 아니야."

"더더욱 최악이잖아."

로그는 한숨을 쉬었다. 이 녀석과 이야기하고 있으면 매우 피곤해진다.

"가자. 잭 놀의 친구라는 녀석을 찾겠어."

"오케이, 마이 프렌드."

누구랑 누가 친구라는 거야.

◇

5구에 있는 클럽 『웨스트』는 미하엘이라는 조무래기 악당이 뒤에서 관리하고 있는데, 로그와도 그럭저럭 알고 지낸 기간이 길었다. 미하엘은 조무래기 악당답게 위험한 인물을 알아보는 안목이 뛰어나서, 조금이라도 위험하다고 느끼면 바로 저자세가 되는 『강자에게는 굽혀라』를 몸소 실천하는 인물이었다.

중저음이 귓가에 울리는 가운데, 로그와 미제리아는 경비원을 따라 2층의 VIP룸으로 안내받았다.

VIP룸은 통유리로 되어 있어서 흥겹게 노는 손님들의 모습이 잘 보였다.

"춤이란 게 뭐가 그리 즐거운지 모르겠어."

"헤헤, 로그 씨. 저 사람들은 공간의 분위기에 취해 있는 겁니다. 취할 수만 있다면 뭐든 즐거운 거죠."

미하엘이 입을 열자 금니가 빛났다. 송곳니 위치에 임플란트되어 있었다. 거물 행세를 하듯 소파에 다리를 꼬고 앉아 있었다.

"일행분과 함께 일단 앉으시죠. 마실 것도 있습니다."

값을 매기듯 미제리아를 보고서 미하엘은 말했다.

검은 양복이 테이블에 유리잔을 가져왔지만 로그는 거절했다.

"됐어. 너도 한가하지 않을 테니 얼른 끝내고 가겠어. 잭 놀과 관련 있는 전직 군인을 알아?"

"호오…… 그자와."

"유명인인 모양이네. 좀 더 말하자면 아이가 있는 녀석이야. 어때? 짚이는 인물이 있나?"

"로그 씨, 저희가 최근 경기가 안 좋아서 말이죠……."

"어딜 봐서? 잔말 말고 얼른 말해. 너랑은 아무것도 거래하지 않을 거야."

"헤헤. 피투성이 로그는 건재한 모양입니다."

"알고 있으면 말해. 쓸데없는 심리전은 필요 없어."

미하엘 같은 상대에게는 이야기의 주도권을 넘기지 않는 게 제일이다. 조무래기 악당이라고 해도 그건 어디까지나 처세술 얘기고, 녀석들은 자신에게 이득이 되도록 이야기를 이끌어 가는 전문가다. 권력과 폭력을 내세우는 것이 가장 손쉬운 방법이다.

"음, 부하에게 들은 얘기여도 상관없으시다면."

"말해."

"그 녀석도 전직 군인인데, 잭 놀과 동기였다고 합니다. 마약 상으로 전향한 잭에 관해 자주 말했어요. 고지식한 친구였기에 의외였다고 말이죠."

"나도 의외야. 그래서, 그 녀석의 이름은?"

미하엘은 어깨를 으쓱였다.

"지난달에 그만뒀습니다. 시골로 돌아간다면서."

"거기가 어딘데? 아이는 있나?"

"있다는 얘기는 못 들었습니다. 그 녀석이 이사 가지 않았다면 바다 건너 할빈이라는 섬에 있을 겁니다. 아시나요?"

"아니. 지금도 연락 가능한가?"

"유감스럽게도."

미하엘은 말했다.

"그만두고 나서까지 돌봐 줄 이유는 없는지라."

"미하엘. 우리 쪽에서 귀찮은 일이 생기면 다시 너한테 올 거야."

"헤헤, 숨긴 거 없습니다. 저희 같은 영세한 가게는 수사관님의 묵인 덕분에 살 수 있으니까요."

"그래? 좋은 마음가짐이야. 그래서 그 녀석의 이름은? 얼굴 사진 같은 게 있다면 내놔."

미하엘이 경비원에게 자료를 가져오라고 했다. 방을 나간 경비원은 종이를 한 손에 들고서 금방 돌아왔다.

「점원 관리 명부입니다」라고 미하엘은 실실 웃으며 말했다.

"로그 씨, 저희는 문제 될 만한 일은 전혀 안 합니다."

"두고 봐야겠지."

대충 훑어보았다.

"복사해 드릴까요?"

"됐어."

미하엘이 미제리아에게 시선을 줬다.

"그런데 그쪽 분은?"

"네가 알 필요 없어."

"흐응…… 그렇습니까."

그렇게 말하면서도 미하엘은 추잡한 눈으로 그녀를 보고 있었다. 미제리아는 미소 지었다.

"실례했어."

"벌써 돌아가시려고요?"

"그래. 『문제 될 만한 건 없으니까』."

가게를 나서니 밖은 어두웠고 탁한 하늘에 달이 떠 있었다. 차에 올라타 주차장을 나서기 직전에 미제리아가 말했다.

"로그 군, 아까는 꽤 수사관다웠어. 박력 있었어."

"시끄러워."

「그런데……」라고 미제리아가 말했다.

"원점으로 돌아와 버린 것 같군."

"……그래."

외국에 있다면 손쓸 방법이 없다. 그리고 수사가 원점으로 돌아온 이유는 또 있었다.

"〈탈명자〉가 군인의 자녀일 가능성은 없을지도 모르겠어."

"호오, 나도 말하려고 했던 부분인데."

미제리아가 조금 놀란 듯 말했다.

"이유를 물어도 될까?"

"딱히 미하엘의 얘기가 계기인 건 아니야. 과거에도 비슷한 일이 있었던 게 생각났을 뿐이지. 내가 잡았던 〈두 번째 알렌〉이란 녀석은 변신 마법 사용자였어. 그 녀석은 알렌이라는 별개의 인물로 둔갑하여 수사를 교란했었어. 각인을 자신의 치아에 새겼기에 마법을 쓰고 있다는 것조차 알 수 없었어."

"체내에 각인을 새기는 건 상투 수단이지. 그나저나 치아인가. 어떻게 한 거지?"

"레이저로 새겼어. 녀석과 손을 잡은 기자재 가게가 있었어."

"현대 기술은 진보해 있군."

감개무량한 듯 미제리아가 말했다.

"그러니 〈탈명자〉도 그럴 거다?"

"그래. 녀석은 피해자를 갓난아기나 노인으로 만들어 죽였어. 나이를 조종하는 마법을 쓰고 있는 건 틀림없어. 그렇다면."

"자기 자신의 나이를 역행시켜서 어린아이 행세를 했다?"

"맞아. 잭 놀이 이 사실을 숨기고 있는지, 아니면 모르고 있는지는 알 수 없지만, 그런 거겠지."

미제리아가 짝짝 박수를 쳤다.

"내 견해와 거의 일치해. 대단한데, 로그 군."

"시끄러워."

"너무 그러지 말고.「오구오구 착하다」해 줄까?"

"필요 없어. 그보다도 앞으로 어떻게 할지를 생각해."

"흐음. 그거 말인데."

"뭐야."

"아까 그렇게 말하긴 했지만, 완전히 원점으로 돌아간 건 아닐지도 몰라."

빨간불이라서 정지했다. 노파가 느릿느릿 눈앞을 지나갔다.

"무슨 말이야?"

"〈탈명자〉는 왜 아이 행세를 했을까? 어린아이가 관여되어 있다고 보여 주는 것보다, 시내의 평균적인 남성에 맞춰 변신하는 편이 수사를 교란할 수 있지 않나?"

"그건 그렇지만……."

"궁금해? 응? 응?"

뭔가를 바라는 듯한 반짝거리는 눈으로 미제리아가 바라보았다.

"운전 중이야. 얼른 말해."

신호가 파란불이 되어 급하게 차를 확 출발시켰다. 미제리아가 앞으로 고꾸라지며 「끄엑」 하고 말했다. 꼴좋다.

몸을 일으킨 미제리아는 진중한 모습으로 말했다.

"……내 생각에는 교란 외에 목적이 하나 더 있어. 요격이야."

"요격?"

"자신을 쫓는 자를 사냥하기 위해 거짓 정보를 뿌리고, 일부러 어린아이라는 존재를 내비친 거야. 〈탈명자〉 입장에서 우리는 아주 알기 쉽지. 군인의 가족 관계를 수소문하는 자는 수사관이니까. 발견할 시 처리해 버리면 돼."

"수사관에게 싸움을 걸 속셈인가."

"그렇겠지."

쉽사리 믿기 어려운 이야기였다. 범죄자가 수사관을 사냥한 건 전례가 없는 일이다. 만약 그런 일이 벌어지면 전국의 수사관이 그 녀석을 쫓는다. 자살 희망자라는 생각밖에 안 들었다.

"상관없어. 올 테면 오라지."

"든든하기 그지없군."

그렇게 말하고서 미제리아는 조수석에서 섀도복싱을 시작했다.

"장난치지 마."

"이것 봐. 나도 실력이 제법이지 않아?"

"전혀. 차 흔들리니까 하지 마."

"재미없군. 대화를 즐기자는 마음은 없나?"

"충분히 어울려 줬잖아……."

"나한테는 부족해. 목소리가 쉴 때까지 즐기자고."

"혼자 떠들어. 그런 거 잘하잖아."

"그렇고말고! 나는 혼자서도 영원히 떠들 수 있지."

미제리아가 로그의 귓가에 입을 가까이 댔다.

"하지만 그러면 이렇게 계~속 네 귓가에 혼잣말을 할 건데 괜찮겠어?"

"무슨 짓─."

따뜻한 숨이 귀에 전해졌고.

그 직후, 미제리아가 주문을 외듯 잡소리를 웅얼거렸다. 너무 간지러워서 온몸에 소름이 돋고 뺨이 뜨거워졌다. 심지어 그뿐만이 아니었다. 내용이 너무나도 시답잖았다. 놀라우리만큼 가치 없는 그 내용을 듣다 보니 의식도 몽롱해졌다. 검은자위가 위로 휙 넘어갈 뻔했을 때, 로그는 미제리아를 어깨로 밀쳤다.

"알았어, 알았다고! 같이 얘기해 줄 테니까 그거 그만해!"

「정말? 기뻐」라고 말하면서 미제리아는 계속 중얼거렸다.

"지금 당장 그만해!"

"요구가 많네."

"너한테 듣고 싶진 않아!"

진심으로 그렇게 말하자 미제리아가 「나는 겸허한 편인데」라고 헛소리를 해서 이를 가는 것으로 대답했다.

마녀 자식.

"자, 그럼 이제 어떡할래?"

로그의 표정 따위 신경 쓰지 않고 미제리아가 말했다.

"상황이 막막하다고 해서 아무것도 안 하진 않을 거잖아?"

"……잠깐 기다려 봐."

"호오? 뭔가 생각이 있나?"

대답하지 않고 단말을 꺼냈다.

"목적지 변경이야."

◇

심야에 가까운 시간이어도 수사국 인간은 계속 일한다. 이전 근무처인 제3부서의 창문에서는 오렌지색 불빛이 새어 나오고 있었다. 미리 얘기해 뒀기에 안에는 쉽게 들어갈 수 있었다. 수사관과 사무원이 뚫어지게 쳐다봤지만, 필요한 일이라고 생각하여 감수했다.

목적지인 수사과 자료실은 지하에 있었다. 미제리아와 함께 들어가자 벽을 가득 채운 자료 파일이 맞이했다.

"곤란할 때는 자료를 찾아보라는 거군."

미제리아가 벽의 파일을 유심히 바라보았다.

"그래서 뭘 찾으려는 거지?"

"잭 놀의 공간과 연결되어 있었던 전이문 기억나? 그것과 똑같은 게 쓰인 적 있는지 찾을 거야."

파일을 선반에서 꺼내며 로그가 말하자 깜짝 놀란 듯한 대답이 돌아왔다.

"이 중에서?"

"당연하지."

"노력가네."

"왜 남의 일처럼 말해? 너도 찾아."

「여러 번 말했지만 나는 무력해」라고 말하며 미제리아가 소매를 걷었다.

"이 백옥 같은 손을 봐. 매끈매끈하지. 힘쓰는 일 같은 건 도저히 할 수 없어."

"아까 본인 실력이 제법이니 어쩌니 했었잖아. 맨날 거짓말이지."

"내가 거짓말쟁이라는 거야? 그런 소리 마. 나는 거짓말쟁이를 진짜 싫어해. 그 말을 듣기만 해도 두드러기가 나."

"말이 끝나기가 무섭게 거짓말하고 있잖아."

로그는 더는 상종 못 하겠다 싶어서 작업에 집중했다. 전이문의 각인은 특징적이었다. 범죄에 쓰였다면 바로 알 수 있다. 연대순으로 정렬된 파일을 끝에서부터 하나씩 살펴봤다. 10분의 1을 끝냈을 즈음 멀찌감치 떨어진 곳에 사람 실루엣이 나타났다.

체념했는지 미제리아가 작업에 참가한 것이다. 파일을 손으로 넘기며 로그에게 말했다.

"벌써 열두 시야. 아침까지 하려고?"

"찾을 때까지 해야지."

"근성론의 극치로군."

"그 전이문은 아직 등록되어 있지 않으니, 수작업으로 찾을수밖에 없어."

"이불 덮고 푹 쉬고 싶지 않아?"

"너나 그렇겠지."

어이가 없었다.

이제 장난은 좀 그만 치라고 말하고 싶었지만 미제리아는 일은 하고 있었다. 자료를 고속으로 넘기며 로그보다 몇 배는 빠르게 정리해 나갔다. 한눈에 모든 내용을 파악하고 있는 것 같았다.

"제대로 체크하고 있는 거야?"

"이 정도는 식은 죽 먹기야. 트럼프 카드를 6층 타워로 쌓는 것보다 쉬워."

"알기 어려운 예시 들지 마."

말하면서 다시 파일로 시선을 내렸고 저도 모르게 움직임을 멈췄다.

"어이, 찾았을지도 모르겠어."

미제리아를 불렀다.

"한 달 전에 약물 중독자가 빌딩 벽면에 각인을 새긴 사건이 있었어. 새긴 방식이 엉망진창이라 효과가 발동되지 않는 각인이었기에 큰 문제가 되진 않았던 모양이지만…… 잭 놀과 관련이 있을 것 같지 않아?"

"그 말은 즉?"

미제리아가 걸어오며 말했다.

"중독자가 굳이 각인을 새길 이유는 없어. 잭 놀은 마약상이야. 자기 고객들한테 명령해서 의도적으로 각인을 새기게 했을지도 몰라."

"그래서?"

"이유는 몰라. 일단 단서를 찾았어. 이 녀석한테 가자."

파일을 넣고 걸음을 떼려고 하자 미제리아가 진로를 막아섰다.

"뭐 하는 거야."

"널 돕고 있지."

미소 짓기만 할 뿐 미제리아는 비키려고 하지 않았다.

"방해돼."

"로그 군. 네 시간을 절약해 주려는 거야. 이걸 봐."

그렇게 말한 미제리아는 바로 옆 선반에서 파일을 쓱 꺼냈다. 인쇄된 종이에는 잭 놀의 전이문 사진이 있었다.

"이건……!"

"네 추리가 맞은 모양이야. 여기 말고도 전이문 불법 설치로 열여섯 명이 붙잡혔어. 내용을 확인할래? 안내해 줄게."

어안이 벙벙해진 로그를 응시한 채 미제리아가 파일을 다시 손으로 밀어 넣었다.

"……뭘 알고 있는 거야?"

"아무것도 몰라. 그저 너처럼 추리해 봤을 뿐이야."

"확실하게 말해."

"말 안 해도 어련히 『일』은 곧 일어날 거야."

그렇게 말하고서 미제리아는 로그의 어깨를 두드리고 지나쳐 갔다.

뒤돌아 미제리아를 보니 편하게 벽에 기대고 있었다.

추리라고 했지만 일어날 일에 관해 미제리아는 확신하고 있는 것 같았다.

"불필요한 수고 끼치지 마."

"걱정하지 마. 여기서는 아무 일도 안 일어나. 다만 나갈 준비는 해 두는 게 좋을 거야."

미제리아를 향해 걸어가자 언제 훔쳤는지 미제리아는 차 키로 손장난을 치다가 로그에게 던졌다. 오른손으로 받았다.

그때였다.

주머니 속에서 단말이 진동했다.

한 손으로 전화를 받았다.

"로그 수사관!"

매우 큰 성량에 고막이 파르르 떨렸다. 목소리가 상기되어 있어서 알기 어려웠지만, 들은 적이 있는 목소리였다. 분명 세 번째 마녀, 식별명은 〈성녀〉─.

"카트린인가?"

"네! 로그 수사관이 준 정보 덕분에 범인에게 도달했어요! 지금 범인의 아지트 앞에서 잠복 중이에요!"

범인? 아지트? 카트린의 말이 사실일까.

"자, 잠깐! 거기 어디야?!"

"상업 지구 딜로 서3번가, 치과 근처에 있는 빨간 지붕 집이에요! 저는 근처 건물에서 감시 중이에요."

"어이! 얘기를 들어!"

"가게 주인이 수상한 녀석을 한 명 안다면서 가르쳐 줬어요. 이름은 유딕. 잭 놀과 관련이 있는 용병이래요! 싸움을 좋아해서 여러 전장을 돌아다니고 있대요. 정화 전쟁에도 객병으로 참가했다는 모양이에요."

카트린이 단숨에 말했다. 상당히 흥분한 것 같았다. 한시라도 빨리 이 정보를 전해야 한다는 것처럼.

"카트린! 거기 들어가지—."

"범인의 차가 왔어요. 끊을게요."

"—마."

끊겼다.

맙소사.

"아아, 젠장!"

"함정이겠지. 〈탈명자〉가 그렇게 간단히 모습을 드러낼 리가 없어. 설치해 둔 그물에 카트린이 걸린 거야."

미제리아가 팔짱을 끼며 태평하게 말했다.

"네가 꾸민 건가?!"

"그럴 리가 없잖아. 그저 추리한 거라니까 그러네. 생각해 봐. 왜 범인이 전이문을 설치하려고 했을까. 수사국의 수사관은 도처에 있어. 그렇다면 이동 수단을 확보해 두는 게 당연하지 않겠어? 전이문이 있으면 도망치기도 쉽고, 이렇게 사냥하기도 쉽지."

미제리아는 말을 마치고서 검지로 목을 톡톡 두드렸다. 그 모습에 일순 시선을 빼앗길 뻔했다가 로그는 부리나케 움직이기 시작했다.

이동 수단. 확실히 그 말대로다. 〈탈명자〉의 협력자인 잭 놀이 준비하는 건 이치에 맞다. 문제는 로그가 알려 준 정보원에 의해 카트린이 위기에 빠졌다는 것이다. 자료실 문을 열려고 하자 뒤에서 목소리가 들렸다.

"도와주러 가려고?"

"당연하지!"

대꾸하고 문을 열었다. 발소리가 따라왔다. 뿌리치듯 복도를 더 빨리 달렸지만 목소리는 바로 뒤에서 들렸다.

"당연한 건 아니라고 생각해. 〈탈명자〉가 카트린을 처리할 때까지 느긋하게 가자고."

"너는 또 그딴 소리를!"

소리치려고 하는데 사무원이 코앞까지 와 있었다. 황급히 피했지만 발이 미끄러져서 넘어질 뻔했다. 비틀거리며 벽에 손을 짚자 마녀가 시선만 올려 로그의 얼굴을 들여다보았다.

"좀 진정이 됐어?"

"……도와주러 갈 거야."

"몇 번이고 말하겠는데, 추천하진 않아. 카트린은 마녀야. 귀여운 여자아이라는 가죽을 벗기면 안에 든 건 그저 짐승이지. 온정 같은 건 필요 없어."

"너도 마녀잖아."

"그렇고말고. 할 말은 하게 됐구나, 로그 군."

"네가 상황을 그렇게 만들고 있잖아."

큭큭 웃는 소리가 났다.

마녀의 입이 호를 그리고 있었다.

"맞아, 로그 군. 재밌었으니까 한 가지 얘기해 줄게. 너도 아는 마녀의 이야기인데, 그녀는 대단해. 제6부서에 존재하는 마녀 중에서 가장 많은 사상자를 만들었어."

"너도 비슷하잖아."

"비슷하진 않아. 많이 다르지."

마녀는 진심으로 싫다는 표정을 지었다.

"……계속 얘기해도 될까?"

"……마음대로 해."

내뱉듯이 말하고서 무릎을 폈다. 그리고 이번에는 잔달음질 쳐서 서의 출구로 향했다.

"그녀는 말이지, 마법에게 사랑받고 있어. 그녀가 뭔가를 바랄 때마다 마법이 이계에서 날아왔어. 너희가 언어나 상식을 배우듯이 그녀는 수많은 마법을 손에 넣었어. 믿어져? 그녀가 융합한 마법은 1만 개를 넘어."

나란히 달리며 마녀는 깔깔 웃었다. 정말로 즐거워 보였다.

"그리고 그 힘을 사용해서 사람들을 구했다고 해. 다들 아주의지했다는 모양이야. 무슨 일이 생기면 그녀를 부르면 된다고 여길 만큼."

"……."

"하지만 그녀는 자신을 믿어 준 모든 사람을 배신했어."

"어째서지?"

말하지 않으려고 했는데 입이 열리고 말았다.

"도시 근처의 화산이 활발해지고 있었어. 만약 분화한다면 대참사지. 그래서 그녀가 불려 왔어. 그녀의 힘을 사용하면 분화를 막는 건 일도 아니었으니까. 그 정도로 대단하다고, 그녀는. ……그리고."

마녀는 비밀 이야기라도 하듯이 입술에 손가락을 댔다.

"실패했어. 정확히 말하자면, 아무것도 못 했지. 화구의 움직임을 완벽히 파악하지 못했다고 여겨지고 있어. 어쨌든 그녀는 마법을 쓰지 못했어. 뭐, 압박감을 느꼈던 걸지도 모르지. 그곳은 그녀의 고향이었으니까."

"그래서?"

"주민은 다들 그녀를 알고 있었기에 도망치지 않았어. 이번에도 어떻게든 해 줄 거라고. 용암이 산기슭을 내려오는 것도 여흥 같은 거라고 생각했겠지. 전멸했어."

사무원용 출구에 다다랐다. 관리 카드를 리더기에 꽂고 문을 열자 밤의 적막이 다시 맞이해 줬다. 바람이 강하게 불어와 반사적으로 눈을 가늘게 떴다.

마녀가 얼굴을 가까이 가져왔다.

"방금 그 얘기를 듣고 난 생각은 어때? 마녀에게 구원은 필요한가?"

파란 눈이 로그를 들여다보았다. 입은 웃고 있지만 눈은 로그의 깊은 곳을 파헤치고자 빛나고 있었다.

"······알 바 아니야."

시선을 돌리고서 로그는 말했다.

차가 집의 부지에 들어와 멈췄다. 차 안에서 작은 그림자가 나왔다. 유덕이었다. 회색 코트를 입고 있었다. 모자를 눌러써서 얼굴은 보이지 않았다. 카트린은 집의 담장에서 얼굴을 살짝 내밀고 정령에게 부탁했다.

'정령님, 저 사람의 모자를 벗겨 주시겠어요?'

물론 정령 같은 것은 실재하지 않는다.

마법 연구가 진척되지 않았던 먼 옛날, 카트린은 마법을 그렇게 불렀다. 지금도 정령님이라고 부르는 것은 그러는 편이 〈성녀〉답다고 생각하기 때문이었다.

작게 중얼거리자 마법이 카트린을 위해 일해 줬다. 그녀에게 그것은 빛으로 보였다. 빛의 구가 모여들어 유덕의 모자에 부딪쳐서 모자를 땅에 떨어뜨렸다. 타인의 눈에 그 일련의 동작은 바람이 모자를 날린 것처럼 보일 것이다.

마법을 마음대로 움직이는 것은 카트린에게 쉬운 일이었다. 까다로운 영창도 각인도 외울 필요가 없었다. 그저 『말』만 하면 됐다.

유딕이 몸을 숙여 모자를 주우려고 했다.

'조금만 더 숙이면 얼굴이······.'

카트린은 저도 모르게 소리를 냈다.

유딕의 얼굴이 천으로 덮여 있었기 때문이다. 눈 부분에만 구멍이 뚫려 있었다. 금색 눈이었다. 그것이 뒤루룩 움직여 카트린을 보았다.

─들켰다.

그 순간, 주위에 떠 있던 빛의 구가 집 주위를 에워싸기 시작했다.

'어째서?!'

아니, 명령이 없는 게 아니었다. 자세히 보니 집 주위의 길에 각인이 새겨져 있었다. 지면의 색과 동화되듯 그려져 있어서 아주 자세히 봐야만 알 수 있었다.

"아야!"

카트린의 등에 격통이 일었다.

돌아보니 반투명한 하얀 벽이 집 주위를 에워싸듯 생겨나 있었다. 벽 너머는 액체를 투과해 보듯이 일렁거렸다. 손끝으로 조심조심 벽을 만지자 불에 탄 듯한 통증이 느껴져서 즉시 손을 뗐다.

'이건······.'

"〈무효역(無效域)〉이야. 안에서는 절대 도망칠 수 없는 벽을 만드는 효과가 있지."

천에 한 번 걸러진 불분명한 목소리가 들렸다. 고개를 돌리니 이미 유딕이 일어나서 카트린을 바라보고 있었다.

"저, 저를 죽이려는 건가요."

"너 같은 사람을 죽이기는 싫지만, 결과적으로는 그렇게 되지."

"다, 당신을 체포하겠어요! 각오하세요."

유딕은 카트린을 완전히 얕보고 있었다. 그렇다면 기회가 있다. 카트린은 마법을 자유자재로 다룬다. 즉, 상대의 마법에도 간섭할 수 있다는 말이었다.

'정령님, 멈춰 주세요!'

카트린은 그렇게 염원했다.

하지만 아무 일도 일어나지 않았다.

반투명한 벽은 여전히 주위를 둘러싸고 있었다.

"어, 어째서?!"

유딕이 카트린을 보고 어깨를 으쓱였다.

"이곳의 마력은 전부 벽으로 고정돼. 뭘 했는지 모르겠지만, 마법은 쓸 수 없어."

유딕을 노려보았다. 하지만 유딕의 웃음을 멈출 수는 없었다.

"어이쿠, 너에게 가까이 갈 생각은 없어. 만에 하나라도 증거가 남으면 곤란하거든."

그렇게 말하고 유딕은 품에서 라이터를 꺼냈다. 그리고 그것을 눈앞의 잔디밭에 던졌다. 기름이라도 뿌려 뒀는지 급속도로 불이 번졌다.

"괜찮아. 마녀라면 살아남을 수 있어. 진짜 마녀라면 말이야."

유딕이 집 뒤편으로 걸어갔다. 모퉁이를 돌자 자그마한 몸이 보이지 않게 되었다.

"아! 멈춰요!"

쫓아갔지만 이미 그곳에는 아무도 없었다.

'어떻게 된 거죠?! 마법은 못 쓰잖아요.'

둘러봐도 집의 벽이 있을 뿐, 숨을 만한 곳은 없었다.

"그럴 수가……."

타닥타닥 풀이 타는 소리가 났다.

마당이 온통 빨갰다.

집으로 도망쳐 봤자 시간조차 벌 수 없을 것이다. 아니, 욕조에 물을 받으면 어떻게든 될지도…… 거기까지 생각했다가 카트린은 사고를 멈췄다.

'이건 속죄예요…… 그 사람들에 대한.'

카트린 때문에 죽어 간 고향 사람들.

카트린만이 살릴 수 있었는데 카트린은 돕지 않았다.

눈을 감으면 마치 방금 있었던 일처럼 그들의 마지막 모습을 선명히 떠올릴 수 있었다. 용암에 삼켜지는 도시. 모래성에 물을 끼얹는 것처럼 녹아내린다.

가슴에 통증이 일었다. 분명 아팠을 것이다. 무서웠을 것이다. 그런데 카트린은······.

"······저는 죽어야 해요."

불길은 바로 지척까지 와 있었다.

카트린이 흐르는 눈물을 닦으려고 했을 때 불 속에서 검은 덩어리가 그녀에게 달려들었다. 검은 덩어리는 카트린을 일으켜 불길에서 멀어지도록 잡아당겼다.

"어, 어째서······."

카트린이 말했다.

"어째서 저를 돕는 건가요? 마녀인 저를······. 수사관······."

"······내가 묻고 싶어. 왜 이런 곳에 와 버린 걸까."

로그가 한숨을 쉬었다. 온몸이 쫄딱 젖어 머리카락에서 물방울이 떨어지고 있었다.

"근처 집에서 호스를 빌렸어."

로그는 입고 있던 재킷을 카트린에게 걸쳤다.

"이걸로 조금은 불을 막을 수 있을 거야. 빨리 밖으로 가자."

"무, 무리예요. 범인이, 저건 절대 도망칠 수 없는 벽이라고 했어요. 그리고 여기서는 마법을 쓸 수 없다고."

"······진짜냐."

로그는 당황한 얼굴로 집의 문을 열고 안에 들어갔다가 바로 나왔다.

"틀렸어. 수도관이 잠겨 있어. 젠장! 처음부터 계획했던 거군."

욕설을 내뱉는 로그의 모습을 보고 있으려니 죄책감에 가슴이 죄어들었다. 카트린은 눈을 내리떴다.

"······죄송해요, 수사관."

"사과할 일은 아니야."

"······하지만."

"내가 오고 싶어서 온 거야. 사과받을 이유는 없어."

"······수사관."

"그건 됐으니까, 우는소리 하지 말고 여기서 나갈 방법을 찾자고. 범인은 아까까지 있었던 거지? 어떻게 나갔어?"

"모르겠어요. 저쪽 벽에 몸을 숨기는가 싶더니 사라져 버려서······."

로그는 혀를 차고서 벽을 더듬거리기 시작했다.

"······뭔가····· 뭔가 없나."

"미제리아는······."

"뭐?"

로그가 상당히 불쾌해하는 표정을 지었다.

"그 녀석은 올 생각도 없었어. 지금은 차 안에서 여유를 즐기시고 있지."

"그게 아니라."

카트린은 말했다.

"미제리아에게 탈출 방법을 생각해 달라고 하는 거예요."

"제정신이야? 그 녀석이 우리를 공짜로 도와줄 리가 없어."

"모르는 일이에요. 미제리아는 지금까지 왔던 수사관 중에서 당신을 가장 마음에 들어 하는 것처럼 보여요. 수사관과 얘기하면서 그렇게 즐거워하는 미제리아는 처음 봤어요."

마녀 미제리아는 냉혹하다. 관심 없는 인간은 바로 버린다. 웃는 가면을 쓴 채 절벽에서 밀어 버린다. 그 행동에 망설임은 전혀 없다. 하지만 카트린이 보기에, 로그를 대하는 태도는 이전과 달랐다.

카트린은 자신이 어떻게 되든 상관없었다. 그러나 눈앞의 수사관은 살리고 싶었다.

"미제리아에게 전화를 걸어 주세요. 제가 교섭할게요."

로그는 자신의 단말을 카트린에게 건넸다. 첫 번째 신호음에 미제리아가 받았다.

"미제리아."

"음? 카트린이잖아. 잘 지내고 있어?"

단말에서 들리는 변함없이 가벼운 어조에 로그는 짜증이 났다. 하지만 믿을 사람은 이 녀석뿐이었다.

"벽이 주위를 둘러싸고 있어서 빠져나갈 수 없어요."

"특기인 마법으로 빠져나오면 되잖아. 〈공간 전이〉, 〈잠지(潛地)〉, 그래, 〈부유〉로 벽을 넘어도 좋고. 뭐든 되잖아?"

"무리예요. 마법이 봉인되어 있어요."

"그건 곤란하게 됐네. 나는 어떻게도 할 수 없어. 속수무책이야."

"미제리아…… 그가 죽을 거예요."

단말 너머에서 웃음소리가 났다.

"널 위해 죽는 거나 마찬가지지. 나는 말렸는데 말이야."

"윽! 당신은 정말로 성격이 비틀렸군요."

"너만큼 심하진 않지."

카트린이 이를 악물었다.

"도와주세요. 당신이라면 탈출 방법 정도는 금방 생각해 내 잖아요?"

"이야~ 아무리 나라도 금방 떠올리진 못해. 사흘 정도는 걸려."

"장난치지 마세요!"

"실례했어. 장난칠 생각은 없었는데. 하지만 왜일까…… 널 보고 있으면 너무너무 놀리고 싶어져. 분명 〈성녀〉라는 안 어울 리는 호칭을 가지고 있기 때문이겠지."

"미제리아!"

"나는 솔직한 사람을 좋아해. 근데 너는 싫어. 무슨 말인지 알 겠어? 〈성녀〉 카트린? 아무것도 구하지 못하는 불쌍한 마녀."

더는 참을 수 없었다. 로그는 카트린에게서 단말을 빼앗아 말 했다.

"네가 그렇게 말할 자격이나 있어?"

"때와 경우, 그리고 인물에 따라 다르지."

"카트린에게 원한이 있는 건가?"

"특별히 없어. 하지만 너는 어떻게 될까? 굳이 말할 필요도 없지만, 거기 있는 한 너는 확실히 죽어. 안타깝게도 마지막에는 카트린을 원망하게 되겠지. 부끄러워하지 않아도 돼. 자연스러운 일이야. 대부분은 그렇게 돼. 뭐, 하지만 함께 수사 활동을 한 사이고, 나로서는 너에게 선택지를—"

"……시끄럽네."

마녀의 말을 막았다.

마음에 안 들었다. 이렇게 될 거라고 멋대로 단정 짓는 것도, 누군가를 버리도록 유도하는 것도, 전부 짜증 났다. 마녀가 말하는 대로 끝날 줄 알고? 미제리아가 던진 말이 온몸을 휘돌아 로그를 움직였다.

"뭐든 해 줄 테니까『우리』를 도와!"

그렇게 말하고 있었다.

거짓말처럼 소리가 사라졌다. 숨소리도, 옷 스치는 소리도 마녀의 존재 자체가 사라진 것처럼 고요해졌다. 그때 처음으로 옆에 있는 카트린이 자신을 보고 있음을 알았다. 눈을 크게 뜨고 입도 벌리고 있었다. 그걸 보고 마침내 로그는 사실을 인식했다.

자신은 지금 마녀에게 호통을 쳤다.

하지만 머릿속은 여전히 들끓고 있었다. 소리가 사라진 단말에 대고 물었다.

"이봐? 듣고 있어?"

대답이 없었다. 끊었나 싶었는데 잠시 후 목소리가 들렸다.

"……들리고 있어. 이거 놀라운데. 그때 겪었던 아픔을 벌써 잊어버렸나 봐."

비아냥거리는 어조에도 아랑곳없이 말했다.

"그래서 너의 대답은?"

"뭐든 해 주겠다고 했는데, 괜찮겠어? 정말로 뭐든 말해 버릴 거야. 그래, 예를 들면—"

"됐으니까 얼른 말해. 뭐든 들어주겠어."

"로그 군. 왜 그렇게까지 해서 카트린을 돕고 싶어 하는 거야? 설마 좋아하게 됐어?"

"딱히. 그저 나도 너 같은 녀석을 싫어할 뿐이야."

"자주 듣는 말이야. 하지만 그것만으로는—."

"충분하잖아."

목구멍이 꽉 막힌 것처럼 낮은 목소리가 나왔다.

"짜증 나는 녀석의 생각대로 될 바에야 죽는 게 나아……!"

시야가 붉어지더니 유리가 깨진 듯한 소리가 났다. 단말 화면에 금이 갔을지도 모른다. 시야 끝에 불이 언뜻언뜻 보이기 시작했지만 말없이 귀를 기울이자 작게 한숨 소리가 들렸다. 그

후 미제리아가 말했다.

"……그렇다면 네 정신을 망가뜨리겠어. 누구의 명령이든 듣는 인형으로 바꾸겠어. 그리고 제6부서에 둘 거야. 우리는 한없이 자유롭게 행동할 수 있겠지. 그래도 괜찮겠어?"

"해, 마녀. 해 봐. 그래 보라고!"

거의 반사적으로 대답했다. 나중 일은 생각하지 않았다. 그저 이 마녀를 향한 분노만이 있었다.

"좋아! 그럼 탈출하자!"

미제리아의 목소리가 다시 밝아졌다.

"마법을 쓸 수 없는 공간이라면 〈탈명자〉가 사라진 방법은 명백해. 비밀 통로가 어딘가에 있을 거야. 분명 맨홀 같은 거겠지. 그걸로 지하를 이동해서 도로에 나간 거야. 긴 통로는 아닐 테니, 마법의 벽 근처의 지면을 찾아보면 좋을 거야."

카트린이 달려갔다. 지면을 기는 듯한 자세가 되어 주변을 손으로 더듬기 시작했다. 그리고 외쳤다.

"찾았어요!"

잡초가 무성한 곳이었다. 카트린이 잡초를 푹푹 뽑자 눈에 띄지 않게 도장된 뚜껑이 나타났다.

로그는 통화를 끊지 않은 채 단말을 주너니에 넣고 뚜껑을 잡았다. 덜컹거리며 뚜껑이 열렸고 안에는 사다리가 있었다.

주머니 속에서 목소리가 들렸다.

"듣자 하니 찾은 모양이야."

돌아보니 집에 불이 옮겨붙어서 불타고 있지 않은 곳은 이제 이곳뿐이었다.

카트린을 먼저 보낸 뒤 사다리를 타고 아래로 내려갔다. 살이 타는 듯한 열풍이 차단되며 단숨에 기온이 내려갔다. 이윽고 땅에 다리가 닿자 짧은 통로가 있었다. 사람 한 명이 겨우 지나갈 만한 폭밖에 없었다.

통로를 걸어가, 카트린이 다시 사다리를 잡고 멈췄다.

"······죄송해요, 로그 수사관. 제가 경솔하게 군 탓에."

"아까도 들었어."

"그랬죠······."

다시 소리를 내며 사다리를 타고 올라갔다. 그리고 뚜껑을 열자 미제리아가 두 사람을 내려다보고 있었다.

"둘 다 탄내 나."

온화한 미소를 짓고 있었다.

경찰과 소방서에 연락을 마치고 차에 올라탄 뒤로도 세 사람은 말이 없었다. 로그는 말할 기분이 아니었고, 옆에 있는 카트린은 의기소침해 있다는 것이 훤히 보였고, 뒷좌석의 미제리아는 미소만 지을 뿐 아무 말도 없었다. 역시 자중하고 있는 걸지도 모른다. 하지만 그런 태도조차 너무 짜증 났다.

'못된 녀석이라고 생각은 했지만 그 정도일 줄이야······!'

불바다— 그 상황에서 카트린에게 악의적인 말을 했다. 도저히 간과할 수 없었다.

어째서 그렇게 말할 수 있는 걸까.

"이봐—."

"저기—."

로그와 미제리아의 말이 동시에 나왔다.

"먼저 말해."

"먼저 얘기해."

미제리아가 고개를 저었다.

"먼저 말해 줬으면 해. 내 용건은 별거 아니니까."

"그래, 그럼 말하겠어. 너, 카트린한테 사과해."

카트린이 퍼뜩 고개를 들었다.

"수사관, 딱히 저는……."

"아니, 내가 신경 쓰여. 반드시 사과해 줘야겠어."

"그런가."

미제리아가 말했다.

"미안해, 카트린. 정말 미안하게 생각해. 분명 너는 믿지 못하 겠지만, 진심이야."

미제리아가 아주 간단히 머리를 숙이는 것이 보였다.

"……정말로 미안하게 여기고 있는 긴가?"

믿을 수 없었다. 평소처럼 장난치는 것 아닐까.

미제리아의 표정은 그늘이 져 있어서 보이지 않았다.

"그렇게 생각할 만도 하지만, 진심이야."

"신용할 수 없어. 갑자기 마음이 변했다고? 뭘 꾸미고 있는 거야?"

"나도 반성할 때가 있어. 아까는 내가 너무 심했어. 일선을 넘어 버렸어."

그렇게 말하고서 미제리아는 눈을 감았다.

"그냥 일선을 넘은 수준이 아니었어."

"……수사관, 이제 됐어요."

카트린이 로그를 보았다.

"전부 제 잘못이니까, 미제리아한테 그런 말을 듣는 것도 당연해요."

"하지만……."

"저는 『마녀』예요. 평범한 사람에게 위로받을 이유는 없어요."

내치듯이 카트린이 말했다. 그 얼굴은 평소처럼 자신 없는 얼굴이 아니었다. 비취색 눈이 로그에게 강한 의지를 내보였다.

'이런 표정을 지을 수 있었나.'

"……그렇다면 상관없고."

로그가 그렇게 말하자 차내는 무거운 분위기에 휩싸였다. 그런 가운데, 미제리아가 평소와 같은 태도로 말했다. 조금 전의 갸륵한 태도는 사라져 있었다.

"아, 그래. 너희가 탈출하는 동안 심심해서 근처를 돌아다니다가 찾은 게 있어."

미제리아가 단말을 슬라이드하여 화면을 보여 줬다. 로그는 고개만 돌려 화면을 보았다.

전이 마법 각인— 전이문이었다. 가로수의 밑동에 농구공만 한 크기의 각인이 새겨져 있었다. 비단 전이 마법뿐만 아니라, 각인법은 각인의 크기에 따라 효과 범위가 다르다. 이 정도 크기라면 작은 어린아이만 통과할 수 있을 것이다. 하지만.

'〈탈명자〉라면 통과할 수 있나…….'

비밀 통로를 사용한 〈탈명자〉는 그 후 이 전이문을 사용했을 것이다.

"잭 놀을 이용하여 아마 몇 개월 전부터 조금씩 도시 전체에 각인을 새겼을 거야."

미제리아가 단말을 주머니에 넣었다.

"아까 갔던 자료실을 다시 뒤질 건가?"

로그는 말없이 고개를 저었다.

요격용 함정, 도주를 위한 전이문. 잭 놀이 본인의 고객을 시켜 설치한 전이문의 수는 그리 많지 않을 것이다. 방금 본 마법은 흔한 일반인이 쓸 수 있는 게 아니었다. 어디까지나 위장용 미끼로서 고객을 이용한 것 아닐까.

즉, 자신이 전이문을 다 설치할 때까지 시간을 번 것이다. 전이문 설치가 끝났을 지금, 미끼 쪽을 조사해 봤자 〈탈명자〉와 연결되지는 않을 것이다.

비김수.

그런 말이 떠올랐다.

쫓아가도 범인은 무수한 전이문으로 계속 도망친다.

'다른 서에 협력을 요청할까? 아니, 불가능해…… . 제6부서의 존재는 비밀로 하라고 했어.'

창밖에 흘러가는 풍경 속에 범인이 새긴 각인이 있을 것 같다는 생각조차 들었다. 나무도 벽도 지면도 전부 의심스러워졌다.

지금 필요한 것은 기발한 생각도 단서도 아닌 인원이었다.

예를 들어 300명 체제로 온 도시를 뒤진다면 그것만으로도 범인은 꼼짝 못 할 것이다. 하지만 그 수단은 마녀가 수사에 관여하고 있는 이상 쓸 수 없다.

'어쩌라는 거냐고.'

"저기, 로그 군?"

"왜."

저도 모르게 말투가 거칠어졌다. 미제리아는 신경 쓰는 기색도 없이 말했다.

"아니, 너에게 요구한 것 말인데."

잊고 있었다. 아니, 잊어버리고 싶었다. 정신을 망가뜨리겠다니 대체 어떤 일이 벌어지는 걸까. 〈목줄〉의 제한에 저촉되는 방법이라면 로그는 살 수 있겠지만, 몇 명이나 수사관을 망가뜨린 미제리아가 그걸 고려하지 않을 리가 없다. 로그가 속쓰림을 느끼고 있으려니 미제리아가 말했다.

"서에 도착하면 얘기할까. 그게 좋겠지, 로그 군."

"……그래."

그렇게 대답하는 것이 고작이었다.

◇

제6부서에 돌아오니 모습이 달라져 있었다. 로그에게 관심
없어 보였던 마녀들이 뚫어지게 그를 쳐다보고 있었다. 로그를
손으로 가리키며 작은 목소리로 이야기하는 자도 있었다.

'뭐지?'

의아해하며 걸었다. 머릿속은 나쁜 상상으로 가득 차 있었다.
언제 미제리아가 로그를 망가뜨리려 할까. 어떤 마법을 걸까.

"다들 잘 있었어? 우리 돌아왔어."

미제리아가 말했다.

마녀들의 시선이 그녀에게 모였다.

"응응~? 나한테 뭔가 묻어 있나? 뭐, 좋아. 뜬금없지만 선언
하겠어."

'이제 끝이야. 이 녀석들 앞에서 말하려는 거야.'

로그는 최악을 상상했고—.

"나는 이 수사관에게 전면직으로 협력하기로 했어. 내 두뇌
와 능력은 이 친구를 위해 전부 쓸 생각이야."

—배신당했다.

마녀들의 말소리가 마치 미리 짠 것처럼 멈췄다. 섬뜩한 침묵. 미제리아가 무슨 말을 한 건지 이해가 안 갔다. 협력? 왜 그렇게 된 거지. 로그는 언성을 높이지 않을 수 없었다.

"이, 이봐! 무슨 생각을 하는 거야?! 너무 뜬금없잖아! 넌 아까까지 방해만 했으면서!"

"음? 협력해 주겠다는데, 필요 없나? 아니면 그렇게나 정신이 망가지고 싶은 건가? 원한다면 해 줄게. 공짜로."

"이해가 안 간다고 말하는 거야!"

"어이, 수사관. 나도 내일부터 일해 주겠어. ……뭐, 내킨다면 말이야."

의자에 등을 푹 기대고서 잡지를 읽고 있던 후마후가 로그 쪽에 시선도 주지 않고 말했다.

"뭐, 뭐어?!"

이어서 다른 마녀들까지 말했다.

"그럼 나도~."

"자료 내봐, 자료. 5분 만에 정리해 주겠어."

머릿속이 혼란스러웠다. 로그는 속고 있는 듯한 기분이 들어서 주위를 두리번거렸다. 그러자 키 큰 안제네가 히죽거리며 얼굴 앞에 뭔가 네모난 것을 들고 있는 것이 보였다. 저건…… 리시버?

안제네가 스위치를 누르자 「이, 이봐! 무슨 생각을 하는 거야?!」 하고 당황한 듯한 목소리가 들렸다.

로그의 목소리였다.

'도, 도청기?!'

로그는 허둥지둥 온몸을 더듬거렸다. 셔츠 옷깃 안쪽에 딱딱한 것이 만져졌다. 작은 파리 같은 형태였다. 상당히 작았다. 셔츠에 붙어 있던 그것을 잡아뗐다.

'어느새 이런 걸……. 아니, 그때인가…….'

안제네가 뒤에서 말을 걸었을 때…… 그때 로그는 그녀를 눈치채지 못했었으니 얼마든지 도청기를 붙일 수 있었을 터다.

"우후후후, 당신, 빈틈투성이인걸, 우후. 탈출극을 다 같이 『들으며』 즐겼어. 우후후, 후후."

"너, 넌 알고 있었던 거야?!"

「알고 있었지. 딱히 가르쳐 줄 필요성을 느끼지 못했기에 말하지 않았지만」이라고 미제리아가 말했다.

자신을 제외한 모두가 알고 있었나. 하지만 카트린은 여전히 상황을 이해하지 못했는지 허둥거리고 있었다.

"네가 꽤 재미있는 녀석이란 걸 알았으니 놀아 주겠다는 거야. 뭐, 재미없어지면 치워 버릴 거지만."

후마후가 선글라스를 기울이고서 졸려 보이는 눈으로 로그를 보았다.

"……아아, 졸려. 아무나 무릎 좀 내놔 봐……."

"전부…… 전부 연기였어?"

미제리아가 고개를 저었다.

"전부 연기였던 건 아니야. 내 취미와 취향이 다분히 들어가 있지. 이곳에 온 수사관은 무조건 시험해 보거든. 내가 시험관이고. 축하해. 인정받은 사람은 네가 처음이야, 로그 군."

미제리아가 덧붙였다.

"카트린한테는 아무것도 안 알려 줬어. 어떻게 봐도 연기는 못 할 것 같잖아."

"너, 너무해요, 다들⋯⋯."

아연해하는 카트린에게 미제리아가 말했다.

"너무하다니. 다들 이렇게나 고마워하고 있는데."

"고맙다는 말은 안 들리는데요?!"

"마음의 소리를 듣도록 해. 박수갈채야."

"그럴 리가 없잖아요! 바보 취급하지 마세요!"

"맞아, 너는 바보가 아니야. 남들보다 살짝 둔할 뿐이지. 그렇게 자신을 비하하지 마."

"⋯⋯상대가 저라서 다행이네요. 설교 선에서 끝내 드릴게요."

"흠, 너의 감사한 설교는 나중에 듣지. 하고 싶은 말이 있지, 로그 군?"

미제리아가 시선을 보냈다. 입을 열었지만 말이 안 나왔다. 상황이 획획 바뀌어서 아직 제대로 이해가 되지 않았다. 살았다고 안도해야 할까, 아니면 화를 내야 할까?

"아, 아니, 모르겠어. 왜 이런 짓을 해야 하는데?"

"말했잖아. 내가 바라는 건 『즐거움』이야. 그렇게 어렵게 생각할 필요 없어."

"너희는『즐거움』을 위해 동료가 죽을 뻔해도 상관없다는 건가?"

"흐음. 너는 마녀를 아직 잘 모르는 모양이야."

미제리아가 턱에 손을 올렸다.

"우리는 마법과 융합했기에 늙지 않아. 상응하는 생명력이 있다는 말이지. 즉, 생긴 것만큼『약하지 않아』."

"그렇다고 해도…… 죽긴 죽잖아? 온몸이 불타도 살 수 있다는 거야?"

"그건 어떨까. 경험한 적이 없어서 모르겠군."

"역시 죽는 거잖아."

"참 청렴결백하네. 목숨을 내기에 쓸 수 있는 존재가 마녀야. 네가 신경 쓸 일은 아니지."

"……."

석연치 않았다.

로그의 윤리관이 미제리아의 말을 거부했다.

"기분 상했나?"

"방금 그 얘기를 거리에 나가서 해 봐. 다들 나랑 똑같이 반응할 거야."

"하하. 그건 그렇겠지."

"……흥."

고개를 휙 돌리자 미제리아가 저벅저벅 발소리를 내며 가볍게 걸어와 정면에 섰다.

"어쨌든 네가 해야 할 일은……."

"……뭐야."

언짢은 어조로 말하자 미제리아는 눈을 휘었다. 놀리는 게 너무너무 즐겁다는 듯이.

"지금껏 해 온 것처럼 우왕좌왕하며 재미있는 모습을 나한테 보여 주는 거야. 잘 부탁해."

그 말과 함께 손을 내밀었다.

로그는 그 손을 노려보았다. 희고 가는 손. 그런 손으로 몇 명이나 처리해 왔다. 절대 잡아선 안 되는 손이다. 악마의 계약이라고 해도 될지도 모른다. 계약한 순간 끔찍한 결말을 맞이하는 게 자명해진다.

하지만―.

"이번에는 거짓말이 아니겠지?"

로그는 미제리아의 손을 잡았다.

"재미있는 모습이라면 얼마든지 보여 주겠어. 그러니까 너희의 힘을 보태."

「걱정도 많군」이라며 미제리아가 쓴웃음을 지었다.

"당연하지. 나도 죽을 뻔했으니까."

"뭐, 기대해 줘. 진심이 된 우리는 엄청나."

◇

"그렇게 된 거다. 이 표식을 발견하면 덮어씌워. 철저히 엉망으로 만들어."

로그는 인쇄된 용지를 들고 말했다. 눈앞에는 20여 명의 청소년이 있었다. 러프한 차림새로, 다들 얘기를 제대로 듣고 있는지 알 수 없는 얼굴로 서 있었다.

"이봐, 후마후. 이 녀석들 믿을 수 있는 거야?"

로그는 속삭였다.

"걱정하지 마. 여기 있는 건 내 부하들이야. 내 말은 뭐든 들어."

스트리트 갱의 근거지, 5구 끝자락에 있는 폐허가 된 옷공장 터. 로그와 후마후는 지금 그곳에 있었다. 후마후가 생각이 있다면서 불러낸 것이었다. 물론 제복은 벗었고 어느 정도 변장은 했지만 걱정만 들었다.

"수사 정보를 갱들한테 넘기자고?"

"『낙서 테러』라고 해 뒀잖아. 설령 전이문 각인이라는 걸 알게 되더라도 이 녀석들은 이용할 수 없어."

자신만만하게 단언하는 후마후를 보고 눈썹을 찌푸렸다.

'불량 청소년이라고 해도 어엿한 범죄자라고. 괜찮은 건가.'

「안 믿는구나? 수사관」이라고 후마후가 말했다.

"뭐…… 그렇지."

"그럼 잘 봐. 문제없다는 걸 보여 줄 테니까."

후마후는 정렬해 있는 갱들 앞으로 가더니, 허리에 손을 얹고 외쳤다.

"너희 제대로 해! 안 그러면 죽여 버릴 거야."

갱들이 술렁거렸다.

"나는 한다면 하는 거 알지? 그럼 어떻게 해야 하는지도 알겠지?"

갱 중에는 떨고 있는 자도 있었다. 그러나 말대답하는 사람은 아무도 없었다. 압도적인 공포가 새겨져 있는 것은 명백했다.

후마후가 만족한 듯 「좋아」라고 말하며 고개를 끄덕이고 몸을 돌리려고 했을 때, 목소리가 나왔다.

"시키는 대로 하겠다는 거야?! 여자 한 명쯤은 아무것도 아니라고!"

근육질 남성이 굳어 있는 동료들을 밀치고 나와 후마후에게 권총을 겨눴다. 반사적으로 움직이려고 했지만 후마후가 손으로 제지했다.

"뭐, 가만있어 봐."

그렇게 말하며 후마후는 여유롭게 걸어 나갔다.

시선을 남자에게 주고서 말했다.

"누굴 죽이겠다고?"

"이쪽으로 오지 마!"

총알이 발사되어 낡은 공장 벽에 구멍을 뚫었다.

"빗나갔잖아. 더 가까이에서 쏴야지."

순식간에 남자에게 다가간 후마후가 남자의 손을 잡아 자신의 이마에 총구를 댔다.

"자, 쏴. 이번엔 안 빗나갈 거야."

"너, 너 뭐야!"

"쏴."

선글라스 아래의 입이 씩 호를 그렸다.

탕.

후마후의 머리가 뒤로 튕겼다.

저도 모르게 소리를 지를 뻔했다.

하지만 후마후는 쓰러지지 않았다.

등이 젖혀져 머리카락을 뒤로 늘어뜨린 채 천천히, 여봐란듯이 고개를 움직여 머리를 원래 위치로 되돌렸다.

"아, 아, 아."

남자가 아연실색한 얼굴로 엉덩방아를 찧었다.

"신입인가? 교육이 안 되어 있네. 나에 대해 제대로 가르쳐 둬. 안 그러면—."

후마후의 뒤에서 과일칼 두 자루가 날아가 남자의 손에 있는 권총을 재단했다. 마치 플라스틱으로 만들어진 것처럼 서걱서걱 분해되어, 이윽고 권총의 형체도 남지 않은 물체가 남자의 발밑에 남겨졌다.

"진짜로 죽일 거야."

갱들이 우두커니 서 있는 가운데 후마후가 로그의 어깨를 퍽 쳤다.

"돌아가자. 졸려 죽겠어."

"너, 상처는?"

"응."

후마후가 앞머리를 쓸어 올려 이마를 드러냈다.

"멀쩡해."

본인이 말한 대로 그녀의 이마는 여전히 매끈매끈하고 하얬다.

"어떻게 된 거야?"

"난 저주받았거든."

"누구한테?"

"누구든 무슨 상관이야. 아무튼 저주받았어."

출구를 발로 걷어차 열어젖히며 후마후가 말했다.

"덕분에 잘 수 없어. 죽을 수조차 없어."

그리고 손에 뭔가를 뱉어 냈다.

이마에 박혔을 터인 총알이었다.

후마후는 로그의 얼굴을 보더니 피에 젖은 총알을 손으로 튕기고서 눈썹을 치켜올렸다.

"남을 겁주는 데는 편리하시만 말이야."

"……아니, 어딜 경유해서 입에 도달한 거야."

"그야 당연히 뇌지."

"……."

너무 적나라한 말이라 대답하기 곤란했다. 어색해하며 로그는 정차해 둔 차의 문을 열었다.

"······갱들이 제대로 일하면 전이문을 무력화할 수 있어. 그렇게 되면 〈탈명자〉의 도주로도 없앨 수 있지. 하지만······."

"하지만?"

로그는 후마후가 안전벨트를 찬 것을 확인하고 가속 페달을 밟았다.

"〈탈명자〉는 무차별적으로 살인을 저지르고 있어. 다음 피해자를 예상할 수 없는 게 문제야. 녀석을 잡을 때까지 몇 명이 희생될지 알 수 없어."

"흐응. 그런 건가."

"그런 거야. 겨우 대등해진 상황이지."

"피해······ 흐아아암."

후마후가 크게 하품을 했다. 꾸벅거리더니 대시보드에 머리를 부딪쳤다. 그리고 그대로 안 움직였다.

"야, 일어나."

"안 자······. 졸릴 뿐······ 음냐음냐······."

"잠들기 5초 전이라는 느낌이지만 말이지."

「음냐····· 헉!」 하고 후마후가 고개를 들었다.

"여기 어디야? 집?"

"아····· 정말로 잘 수 없는 건지 의심스러워지는데."

"정말로 못 자. 벌써 500년이나 안 잤어. 그보다 수사해야지.

쓸데없는 소리 말고 성실하게 운전이나 해."

"……"

"모처럼 협력해 줄 마음이 들었으니까. 날 실망시키지 마."

"……"

'화내지 말자…… 화내지 마. 상대는 일단 마녀야.'

로그는 심호흡했다. 조수석의 후마후는 거들먹거리는 태도로 팔짱을 끼고서 등받이에 몸을 기대고 있었다. 갱을 부하라고 부르는 감성이 있다면 이런 모습도 나오나.

"……최소한 피해자에 경향이 있다면 좋겠는데."

역시 그게 문제였다.

변신 마법을 쓰는 자가 수두룩한 가운데, 일단 믿을 수 있는 건 마법흔 같은 물적 증거고, 그다음으로 CCTV 등이 있다. 하지만 애초에 변신 전의 모습을 모른다면 소용이 없다. 그래서 피해자의 주변 관계를 살피지만 그것도 무차별 범행이라면 의미가 없다.

'어디서부터 착수할까…….'

눈썹을 찌푸리고서 침음을 흘리고 있으니 별안간 후마후가 정면을 보며 귀찮다는 듯 단말을 보여 줬다.

"여기."

단말에는 시내 지도가 표시되어 있었고, 빨간 광점이 여섯 군데에 있었다. 광점은 각각 똑같은 간격으로 편중을 피하려는 듯 배치되어 있었다.

"뭐야?"

"범인이 사냥감을 죽인 장소래. 그렇다는 건 거기가 아지트 아니야?"

너무 놀라서 사람을 칠 뻔했다. 후마후 쪽을 보니 태연하게 「차 흔들지 마」라고 말했다.

"아, 아니, 중요한 걸 아무렇지도 않게 말하지 마!"

"어떻게 말하는지 같은 건 중요하지 않잖아."

"……그보다 너, 계속 나랑 같이 있었잖아? 언제 단서를 발견한 거야?"

「그렇게 난리 피우지 마. 이걸로 수사가 진전되는 거니까 나를 숭배해」라고 말하고서 후마후는 작은 목소리로 덧붙였다.

"뭐, 알아낸 사람은 안제네지만."

"다른 사람의 공적이잖아……."

후마후가 크게 하품을 했다. 매우 부자연스러운 하품이었다. 그 뻔뻔함에 아연해하면서도 로그는 말했다.

"……아무튼 실제로는 어떻게 찾았는데?"

"비어 있는 부동산을 타인의 명의로 빌린 녀석을 산출하고 바이러스를 보내서 정보를 뽑아냈어. 그리고 수상해 보이는 곳을 목록화했지."

"……너희는 뭐든 가능하구나."

반쯤 어이없어하며 로그는 말했다. 기대해 달라고 미제리아가 말했었지만 너무 능력이 좋아서 섬뜩하기까지 했다. 마녀에

게 걸리면 사건 해결은 간단하다는 건가. 수사관의 존재 의의가
사라진 것 같은 느낌도 들었다.

"마녀님에게 불가능 같은 건 없어, 수사관."

후마후의 목소리가 로그의 귀에 전달되었다.

"너희가 할 수 있는 일이라고는 기껏해야 무서워하는 것뿐
이지."

"……그럴 리가 없잖아."

쥐어짜듯 말하자 코웃음을 친 것 같았다.

"그러서? 그럼 이쪽을 봐."

후마후에게 고개를 돌리자 그녀는 선글라스를 벗어 눈꺼풀
을 드러냈다. 그리고 천천히 눈을 떠 로그에게 시선을 보냈다.
하지만 순하게 처진 눈은 새끼 고양이 같은 사랑스러움을 주장
할 뿐이었다. 수면 부족으로 촉촉한 눈은 햇빛을 반사하여 반짝
거렸고 위압감은 전혀 없었다.

"……"

절망적으로 안 어울렸다.

"네 목숨은 간단히 사라진다는 걸 잊지 마."

"……뭐."

슬며시 몸의 방향을 돌렸다.

"하. 도망치지 마."

후마후가 몸을 숙이고 시선을 들며 얼굴을 가까이 가져왔다.
미간에 깊이 주름이 생겨서 그것만 보면 박력이 있었으나 역시

눈이 발목을 잡고 있었다. 얼굴이 풀어지려는 것을 필사적으로 참았다.

"표정 좋네. 다들 그래. 나를 따르지 않는 녀석은 없어."

"……그러냐."

"내 기분이 상하지 않도록 조심해라."

"……그래."

위협하는 후마후에게서 은근슬쩍 시선을 돌려 앞을 보았다. 운 좋게도 길은 뻥 뚫려 있었다. 부디 이 마녀가 돌아가는 도중에 이대로 계속 쓸데없는 소리만 하기를 기도했다.

제6부서의 거주 공간, 마녀들을 위해 마련된 방 앞에서 로그는 벽에 등을 기댔다. 여차여차 30분은 기다리고 있었다. 하품을 참으며 메일을 체크하고 있으니 방문이 열렸다.

"많이 기다렸지? 이것 참, 수마는 강적이야."

미제리아가 고개를 저으며 말했다.

"문명 탄생부터 이어져 온 고민이라고 해도 되겠지. 정말이지, 인류는 아무리 시간이 지나도 도망칠 수 없어."

"그렇게 생각하는 건 너뿐이야."

아침부터 넌더리가 났다.

이 녀석은 1년 내내 이런 걸까. 이렇겠지.

이대로 서서 얘기하면 영원히 계속될 것 같았기에 로그는 걸음을 떼고 말을 꺼냈다.

"시신은 남아 있을 것 같아?"

"가능성은 낮겠지."

"하지만 갈 가치는 있어."

"맞아. 다른 마녀에게 연락은?"

"이제 할 거야. 명령을 제대로 들어줄지 의심스럽지만."

미제리아가 픽 웃었다.

"의심하는군. 테스트에 합격했다고 말했잖아."

"장난감의 『내구력』 테스트 말이지."

"표현 좋네. 자기 자신을 잘 알고 있는 모양이야."

"알고 싶지도 않아."

단호한 어조로 말하고 승강기의 버튼을 눌렀다. 교회에서 지하의 제6부서로 가기 위한 승강기가 아니라, 부서 내의 층을 횡단하는 승강기였다.

그나저나 열두 명밖에 안 사는데 상당히 승강기가 컸다. 승강기뿐만 아니라 제6부서의 온갖 것들이 마치 귀빈이라도 대접하듯 정비되어 있었다. 마녀의 비위를 맞추기 위해서일 거라고 상상은 간다. 하지만 그 예산을 쓰는 방식에 불평 한마디는 하고 싶어졌다.

"뭐, 로그 군의 걱정은 타당해."

한 발로 리듬을 타며 미제리아가 말했다.

"나같이 솔직하고 청렴결백한 마녀는 제대로 협력해. 하지만 그렇지 않은 마녀도 있어."

"어디가 청렴결백하다는 거야."

"딱 봐도 그렇잖아."

자랑하듯 허리에 손을 얹었지만, 거기 있는 건 수상쩍게 웃는 마녀뿐이었다.

뭐, 어찌 되든 좋은 일이다.

로그는 냉담한 눈으로 바라보았다.

"내 결백함을 인정했나?"

"맘대로 말해."

"로그 군에게 인정받았으니 가르쳐 주지. 걱정하지 마. 절반 정도는 협력파야. 훌륭하게 일해 줄 거야. 하지만 나머지 절반은 비협력파고, 나처럼 깨끗하고 올바르며 새하얀 인간과 비교하면 아주 시커먼 녀석들뿐이야. 다가가기만 해도 더러워지지. 너도 조심하는 게 좋아."

"네 설명 방식으로는 진심으로 말하는 건지 알 수가 없어."

"당연히 진심이지. 순수한 선의에서 건네는 충고야. 너는 오래 살았으면 좋겠으니까. 퇴직금이 어느 정도 나오더라?"

"누가 준대?"

미제리아가 작위적으로 한숨을 쉬었다.

"또 다음 수사관이 오기를 기다려야 하는 건가. 이것 참, 불쌍한 희생자가 늘어나는 거구나."

"불쌍한 희생자는 화가 나는데."

"두 번째 충고야. 화내는 건 건강에 안 좋아. 좀 더 웃어."

미제리아는 양쪽 검지로 자신의 입꼬리를 올려 빙긋 웃었다. 그 뒤에서 승강기가 도착하여 문이 열렸다.

누구 때문에 건강이 나빠지고 있는데. 그렇게 생각하며 미제리아 옆에 섰다.

◇

판명된 〈탈명자〉의 은신처, 그중 하나는 딜로의 남쪽, 중류 계층이 사는 6구에 있었다. 폐교가 된 초등학교였다. 사유지이므로 출입을 금한다는 간판이 보란 듯이 설치되어 있었고, 교정의 잔디밭은 관리되지 않아 무성했다. 다채로운 놀이 기구는 거무스름해졌고 진흙이 묻어 있었다.

아침 이슬에 바짓단을 적시며 잔디밭을 가로질러 교사에 잠입하자 곧장 농밀한 죽음의 기운이 느껴졌다.

'이 냄새…… 한두 명이 아니야.'

딱 보니 교실이 여덟 개 있었고 그 모든 교실에서 냄새가 났다.

"연디."

우선 첫 번째 교실의 문을 열었다. 녹슨 문은 여는 데 시간이 걸렸다. 완전히 열기 전부터 시체가 이미 보였다.

살이 사라져 해골이 된 시체였다.

접이식 의자에 양쪽 손발을 묶인 채 고개를 푹 숙인 자세로 썩은 내를 풍기고 있었다. 뼈에 붙은 근소한 살점에 파리가 잔뜩 앉아 있었다. 교실에 들어가자마자 코에 충격이 왔다.

"이것 참. 거창한 마중이야."

미제리아가 휘파람을 불었다.

〈탈명자〉는 시신이 발견되는 것을 상정한 걸까? 아니, 뒷골목 때처럼 함정으로 쓰고 있을 가능성도 있다.

신중히 걸어가니 교탁 뒤에 있는 칠판이 눈에 들어왔다. 그곳에는 분필로 새겨진 전이문 각인이 있었다. 공간에 있는 것을 효과적으로 활용한 것이다.

"상당히 합리적인 개자식이군."

저도 모르게 말을 꺼냈다.

「예산을 아꼈다고 할 수도 있지」라고 미제리아가 말했다.

"다음 교실로 가자."

교실을 이동할 때마다 시체를 보았다. 수사관 생활을 하다 보면 이런 건 드문 광경도 아니었지만, 얼굴이 험악해지는 것을 막을 수 없었다. 마치 쓰레기장 같았다.

전이문은 교실마다 존재했다. 또한 방음 마법이 사방의 벽과 창문에 걸려 있었던 모양이라, 안에서 아무리 큰 소리를 내도 밖에 새어 나가지 않는다는 것도 알았다. 살해 현장이 이곳인 건 확정이리라.

교실을 다 돌고 교사 밖으로 나오니 단말에 문자가 와 있었다. 마녀들이 보낸 거였다. 시체와 전이문을 발견. 그 외에 이상은 없어서 서에 돌아간다는 내용이었다.

로그의 단말을 들여다본 미제리아가 말했다.

"그럼 우리도 돌아갈까. 수확은 있었으니."

"불쾌한 수확이지만 말이지."

조수석에 마녀를, 그것도 한 명이 아니라 몇 명이나 태우다니. 제6부서에 오기 전의 로그가 듣는다면 코웃음을 쳤을 것이다. 그럴 리가 없다면서. 하지만 현실은 마녀의 장난감 취급이다. 내심 쓴웃음을 지으며 초등학교를 뒤로했다.

한동안 차를 몰자 미제리아가 말했다.

"중대한 얘기가 있는데."

"뭔데."

미심쩍게 미제리아를 보았다.

"은신처와 전이문을 발견하여 상황은 좋아졌다고 할 수 있겠지. 하지만 그만큼 너는 상당히 돌아다녔어."

"그야 그렇지. 뛰어다니는 것도 수사관의 일 중 하나야."

"음? 로그 군, 너 설마 자신의 변화를 눈치채지 못한 건가?"

"허?"

미제리아가 의미심장하게 섬지를 턱 밑에 댔다.

"그래도 상관은 없지. 아무렇지도 않다면 말이야."

"설마 너……."

로그는 핸들을 쥔 손바닥이 땀으로 축축해지는 것을 느꼈다.

"또 뭔가 꿍꿍이를 꾸미고 있는 건가……!"

"꿍꿍이라니 실례야. 나는 그런 생각 안 해. 정말로 사소한 일이야."

미제리아는 검지를 얼굴 앞에서 좌우로 흔들고 수상하게 웃었다.

"조금 있으면 정오야. 그 말은 즉, 살기 위해 필요한 당분을 잃고 있다는 뜻이지. 우리는 소중한 당분을 소모하여 뇌의 활동을 저하시키고 있어. 로그 군, 이건 현재 진행형의 위기야. 저쪽에 카페가 있어. 지금 당장 들르자."

일순 카페에 눈길을 준 후 미제리아의 발언을 머릿속으로 정리하고 그 결과 로그는 아무 문제가 없다고 판단했다. 카페의 간판이 멀어졌다.

"저쪽에 있는 햄버거 가게는 어때? 성인 남성에게 필요한 일일 칼로리는 2200킬로칼로리라고 해. 잃어버린 칼로리를 폭력적인 버거와 셰이크로 채우는 거야."

햄버거 가게의 간판이 멀어졌다.

관자놀이의 혈관이 맥동하기 시작했다. 머지않아 아플 정도로 격렬해졌고 미제리아가 「도넛의 원재료는 대략」이라며 말을 꺼냈을 즈음에 한계를 맞이했다.

"그 정도는 좀 참아! 네가 어린애야?!"

"물론 어른이지. 1200살이라고 이미 말했잖아. 긴 세월을 지냈어도 참을 수 없는 게 있어. 너도 언젠가 알게 될 거야."

"얄팍한 소리를 삶의 지혜처럼 말하지 마!"

로그는 핸들을 쥐고서 왼손을 콘솔 박스에 넣었고, 포장된 껌을 꺼내 미제리아에게 던졌다.

"그거라도 씹고 있어. 시간을 낭비하지 마."

"로그 군, 이거 민트야. 단 게 좋아."

"시끄러워!"

호통치는데 인도에 익숙한 수녀가 서 있는 것이 보였다. 똑같이 수녀복을 입은 중년 여성과 뭔가 이야기를 나누고 있었다. 문제라도 생긴 걸까. 갓길에 차를 세우고 상황을 살펴보았다.

"저, 저는 교회 소속이 아니라니까요."

카트린이 쩔쩔매고 있었다.

「그럼 왜 수녀복을 입고 있는 거야?」라고 여성이 말했다.

"그, 그건 제 정체성이라고 할까……. 성녀라서."

"성녀는 무슨 성녀. 나를 놀리는 건가?"

"예에에?!"

보다 못한 로그는 창문을 열고 「어이」라며 말을 걸었다. 카트린이 깜짝 놀란 듯 돌아보았다.

"죄송합니다. 그 녀석은 그런 옷을 입는 걸 좋아할 뿐, 교회의 수녀를 사칭하려는 건 아닙니다. 용서해 주시면 안 될까요."

로그가 그렇게 말하자 여성은 투덜거리며 떠났다. 살펴보니 바로 근처에 교회 건물이 있었다. 아마 거기서 일하고 있을 것이다.

"사, 살았어요오…….

뒷좌석에 올라탄 카트린이 축 늘어진 모습으로 말했다.

"빈집을 조사하고 있었는데, 밖에 나왔을 때 교회 사람에게 붙잡혀 버려서……."

"그건 고생했군. 상으로 초콜릿을 주지. 로그 군."

「없어」라고 로그는 잘라 말했다. 그리고 카트린에게 고개를 기울였다.

"뭔가 찾았나?"

"전이문이 바닥에 그려져 있었어요. 수사관 쪽은요?"

"똑같아. 이쪽은 시체도 있었어."

"상당히 추악했지. 카트린, 너도 오면 좋았을 텐데."

「정말이지 당신은……」 하고 말하며 카트린이 뒷좌석에서 양팔을 뻗어 조수석에 있는 미제리아의 귓불을 잡아당겼다.

"어째서 일일이 못된 말을 하는 건가요."

"로그 군. 카트린에게 공격받고 있어."

무시했다.

"귀를 잡아당기고 있어. 아파. 왜 이런 일을 당하고 있는 건지 전혀 모르겠어."

"설교하겠다고 말했었잖아요? 이게 설교예요!"

"아니지. 이건 그냥 공격이야. 〈성녀〉라고 할 거면 조리 있게 말로 나를 설득해야 하지 않겠어?"

"당신한테 말할 기회를 주면 제 마음이 상처 입는다고요!"

"그런데 너는 의외로 힘이 세구나. 아파서 눈물이 나기 시작했어."

"울면 되죠! 오히려 울어 주세요!"

"이것 참, 비뚤어진 마음을 가진 사람이 있군. 오늘 나는 제거당할지도 모르겠어."

미제리아가 어깨를 으쓱이는 것을 탁한 눈으로 보았다.

바보인가.

"로그 군, 나를 배신하는 건가? 도와주겠다고 했었잖아."

"그런 약속은 한 적 없어."

"괜찮겠어? 뜯긴 내 귀를 보고 너는 후회하게 될 거야. 분명 매일 밤 잠들기 힘들어 고생하겠지."

"안 뜯기고, 뜯기더라도 숙면할 거야."

"악몽을 꿀 거야. 내가 고문당하는 악몽을."

"좋은 꿈이잖아."

「너무해! 진짜 너무해! 너는 울고 있는 사람을 버리는 건가」라며 미제리아가 난리를 피웠지만 로그는 아무런 감정도 들지 않았다.

제6부서가 보이기 시작했다. 귀를 잡아당겨도 통하지 않는다는 것을 알았는지, 카트린이 이번에는 미제리아의 관자놀이를 주먹으로 쑤셨다. 그러자 미제리아가 또 동정심을 끌려는 말을 하며 카트린을 힐난했다. 부질없는 싸움은 차를 세울 때까지 이어졌다. 전혀 감당이 안 됐다.

뭐 이런 녀석들이 다 있지…… 로그는 진심으로 그렇게 생각했다.

그렇긴 해도 마녀들은 확실하게 성과를 올렸다.

〈탈명자〉의 은신처에서 흉기를 발견. 함정으로 설치된 각인을 파괴하여 다른 부서의 인원이 수사할 수 있게 했다. 카트린을 죽일 뻔했던 것과 비슷한 함정도, 진심으로 나선 마녀에게는 통하지 않은 것이다. 은신처의 내부 영상이 차례차례 전송되었다.

게다가 스트리트 갱들에게 『낙서 테러』를 시켜서 전이문을 망가뜨리는 것도 효과적으로 작용하고 있었다. 시내 CCTV에 〈탈명자〉로 추정되는 인물이 잡히게 되었다. 문자 그대로 다리를 움직여서 도망칠 수밖에 없어졌기 때문이다.

금색 눈.

카트린이 조우했던 〈탈명자〉의 특징이었다. CCTV뿐만 아니라 거리 곳곳에서 목격 정보가 나오게 되었다. 드디어 그 녀석을 체포하여 교도소에 처넣고 겸사겸사 후려갈길 날도 머지않았다는 생각이 들었다.

수면실 침대에 몸을 뉘고서 허공을 향해 주먹을 내밀자 누군가가 문을 노크했다. 별일이었다. 마녀들은 기본적으로 밤에는 자신의 독방에 있는데, 누가 수면실에 찾아온 건 처음이었다. 로그는 침대에서 몸을 일으켰다.

"들어와도 돼."

"아, 실례합니다……."

들어온 것은 카트린이었다.

"용건 있어?"

"저기, 그게."

카트린이 문 앞에서 우물쭈물했다. 보다 못한 로그는 말했다.

"앉는 게 어때?"

"아, 네……."

카트린은 로그와 몇 걸음 떨어진 위치에 있는 쿠션에 앉았다.

"그래서 할 얘기가 뭐야?"

"어어, 할 얘기요……."

카트린은 눈썹을 내렸다. 입을 달싹거리며 이리저리 눈을 굴렸다. 자기 발로 찾아왔으면서 이야기하기를 거부하는 듯한 태도였다. 참을성 있게 기다리고 있으니 마침내 입을 열었다.

"……아! 오늘은 수고 많으셨어요! 수사에 진척이 있었죠?"

"그래."

"다행이에요. 정말로……."

"그래."

"……."

카트린을 보니 맹렬하게 눈을 깜빡이고 있었다.

"저, 저기! 그러고 보니 미제리아의 꿍꿍이를 눈치채지 못해서 죄송해요. 시험이라니 악취미죠."

"아니, 그건 이제 됐어. 결과적으로 수사에 진척이 보이게 됐으니까."

"……그, 그런가요. 그건 그렇죠. 다행이에요."

카트린은 「으으」하고 신음했다.

"더 하고 싶은 얘기 있나? 슬슬 잘 생각인데."

그렇게 말하자 카트린은 당황한 듯 「있어요! 할 얘기 있어요!」라고 외친 후, 자신이 큰 소리를 낸 것을 깨달았는지 얼굴을 붉혔다.

"……죄송해요."

"딱히 상관없어."

옆에 다른 사람이 자고 있는 것도 아니다. 마녀가 아닌 인간은 로그와 리코밖에 없었다.

카트린은 시선을 자신의 손으로 떨어뜨렸다.

"……당신은 어째서 수사관이 됐나요?"

느닷없이 무슨 얘기인가 싶어서 카트린의 얼굴을 보니, 그녀는 정색하고 있었다. 정면으로 로그를 응시하고 있었다.

"알아서 어쩌려고."

"……저는 당신 덕분에 살았어요. 이점 따위 전혀 없는데 당신은 저를 구해 줬어요. 아무도 구하지 못한 저여도, 당신이 뭔가 바라는 게 있다면 이루어 드리고 싶어요."

일순 숨을 삼키며 눈을 내리떴다. 그리고 곧장 아차 싶었다. 무슨 말을 들을까 싶어서 몸을 긴장시켰지만 카트린은 입을 다문 채였다. 추궁할 생각은 전혀 없는 것 같았다. 하지만 그렇다고 해서 자리를 떠날 것 같지도 않았다.

서로의 숨소리가 들렸다. 시간이 느려진 것처럼 느껴졌고 머지않아 짜증이 나서 로그는 입을 열었다.

"……딱히 대단한 이유는 없어. 어쩌다 보니 된 거야."

"어쩌다 보니요?"

"그래. 별거 없어. 소망 같은 것도 없어. 됐으니까 일하고 있을 뿐이야."

로그는 침대에서 내려가 일어났다.

"고상한 뭔가가 없어도 수사관 일은 할 수 있어. 그저 매일 일하는 거지. 자, 내일도 일찍 일어나야 하니까 얘기는 끝이야."

"수사관."

카트린이 일어나 출구로 향했다. 문손잡이를 잡은 순간, 마침내 웃었다.

"저는 당신 편이에요. 바라는 게 있다면 언제든 말해 주세요."

그렇게 말하고서 카트린은 나갔다.

그로부터 사흘 후.

회의실의 화이트보드에는 지금까지 발견한 전이문의 루트와 피해자의 얼굴 사진 등이 붙어 있었다. 로그는 이따금 그것들을 손으로 두드리며 자료를 한 손에 들고서 협력파 마녀들에게 설명해 나갔다.

미제리아를 필두로 벽에 기대 있거나 오피스 체어를 빙글빙글 돌리는 등, 마녀들은 저마다의 자세로 로그의 이야기를 경청하고 있었다. 성실한 태도는 아니지만 적어도 귀를 기울이고 있다는 것에 묘한 감개를 느꼈다.

"도시의 전이문은 대강 망가뜨렸어. 은신처도 경찰이 감시하고 있어. 이래도 부족하다면 〈탈명자〉가 한 수 위라는 거겠지만, 그래도 우리가 녀석을 궁지로 몰고 있다는 건 변함없어."

그렇게 마무리하자 마녀들이 퇴장했다. 일부 마녀— 후마후가 의자에 앉아 꾸벅거리고 있는 것을 카트린이 「제대로 걸어 주세요~!」라며 끌고 간 것을 제외하면 문제는 일어나지 않았다.

"컨디션이 좋네, 로그 군."

미제리아가 말을 걸어왔다.

"그랬다면 좋을 텐데 말이지."

"말에서 함의가 느껴지는데."

"지금 컨디션이 안 좋아졌어. 너 때문이야."

"그럴 리가 없어. 어떻게 봐도 나는 치유계잖아?"

"비위 거슬리는 계야."

로그는 방구석에 조용히 서 있는 안제네에게 시선을 줬다. 아까부터 줄곧 서 있었다. 완전히 유령 같은 모습이지만 이쪽이 그나마 더 무해했다. 게다가 일 잘하는 유령이었다. 미제리아보다 백배는 믿음이 갔다.

"부탁했던 건?"

로그는 말했다.

큰 키를 으스스하게 흔들며 안제네가 고개를 끄덕였다.

"우후후, 후, 조사해 봤지만…… 듣고 싶어?"

"들려줘."

"후후후후, 금색 홍채를 가진 사람 말인데, 황국 데이터베이스에는 해당되는 사람이 아무도 없었어."

저도 모르게 반문했다.

"한 명도?"

"한 명도."

"……그런가."

"우후, 후. 다만 이건 데이터베이스 내의 얘기니까, 도시에 한 명도 존재하지 않는다는 건 아닐 거야. 홍채가 등록되지 않은 사람도 있고. 우후후, 후후, 다행이지?"

안제네가 위로처럼 들리는 말을 했다. 하지만 상당히 기대했던 만큼 충격이 컸다.

"흠, 근데 로그 군. 친구 중에 눈동자 색이 금색인 사람은 있나?"

미제리아가 말했다.

"없는 것 같은데…… 아마도."

혹시 몰라서 기억을 뒤져 봤다. 하지만 아무도 떠오르지 않았다.

"아무도?"

"그래. 있었다면 바로 생각났겠지. 우리 수사관은 사람의 얼굴을 구분하는 훈련을 하니까. 계산을 기다리는 중에 눈앞을 지나간 지명 수배범을 놓치기라도 한다면 웃음거리가 될 거야."

「별난 우연이 다 있군. 나도 이 긴긴 인생 중에 금색 눈을 가진 사람은 한 번도 만난 적이 없어」라고 미제리아가 말했다.

"신기한걸."

감개무량하다는 표정을 짓고 있었다.

로그는 이마에 핏대를 세웠다.

"신기한걸, 같은 소리 하네. 하고 싶은 말이 있는 거지?"

"역시 로그 군이야. 찬미의 말을 들려줄게!"

"필요 없어. 얼른 얘기나 해."

"옙, 분부 받들겠습니다."

미제리아는 화이트보드에 있는 수성 펜을 집고서 뭔가를 그리기 시작했다. 십여 초 후, 뭉그러진 불도그 같은 얼굴이 완성되었다.

"〈탈명자〉는 지금도 도망 다니고 있어. 판명된 것 말고도 은신처가 있을 거야. 그러니까 이 사람! 이 사람을 한 번 더 인터뷰해 보는 거야!"

미제리아는 자신만만하게 말했다.

"아니, 이게 누군데."

"어?"

미제리아는 불도그 그림을 펜대로 두드렸다.

"누구냐니, 일목요연하잖아."

"이런 녀석은 본 적 없어."

「거, 거짓말이지? 로그 군」 하고 미제리아가 드물게도 당황한 얼굴로 말했다.

"쟤 놀! 우리가 맨 처음 수사했을 때 발견한 남자! 모르겠어?! 방금 그렸잖아!"

"어? 이 크리처가?"

"어?"

미제리아가 얼어붙었다.

'이 녀석 설마……'

로그는 마침내 이 엇갈림을 이해했다.

"혹시…… 본인이 그림을 잘 그린다고 생각했어?"

"아, 아니, 로, 로그 군! 무, 무슨 소리를 하는 거야!"

"우후후후, 침팬지가 더 잘 그리겠어."

안제네가 나직이 말했다.

"거봐."

"시, 싫어. 난 인정 안 해. 인정하지 않는다면 내 안에서는 여전히 잘 그리는 거야!"

반드시 이 얘기를 계속 꺼내 주겠다고 생각하며 로그는 말했다.

"뭐, 그딴 건 어찌 되든 좋아."

"로그 군, 너무해!"

로그는 목소리를 낮췄다.

"잭 놀이 입을 열 거라고 생각해? 녀석은 죽어도 자백하지 않을 것 같았어."

로그가 진지하게 말하자 난리 치던 미제리아도 눈을 가늘게 떴다.

"잭 놀은 입을 열 거야."

"어째서?"

"내가 있으니까. 뭐, 나한테 맡겨, 로그 군. 마법 같은 걸 안 써도 그 남자한테서 정보를 뽑아내겠어."

6구에서도 잭 놀의 집은 상당히 오래된 것 같았다. 승강기는 없고 계단뿐이었다. 수명이 거의 다 된 형광등 빛을 받으며 계단을 올라갔다.

층계참에 접어들어 로그는 말했다.

"저항할 것 같아?"

"안 하겠지만, 조심하는 게 좋을 거야."

2층의 3호실이 잭 놀의 집이었다. 최상층이 아니라서 다행이었다.

로그는 3호실의 초인종을 눌렀다. 곧장 발소리가 들리더니 문이 열렸다.

낮잠이라도 자고 있었는지 눈을 끔뻑거리며 잭 놀이 「잠깐만 기달……」이라고 말하다가 숨을 삼켰다. 특히 미제리아를 보고 확연하게 안색이 나빠졌다.

"……너희는."

가엾다는 생각이 들었지만 로그는 아랑곳없이 말했다.

"자기소개는 필요 없겠지. 몇 가지 질문을 하고 싶어. 금방 끝날 거야."

"……전부 얘기했을 텐데."

"전부는 아니었겠지. 안 그래?"

그리고 로그는 미제리아에게 시선을 줬다.

"그래. 잭 군, 네가 숨기고 있는 게 전부 밝혀졌거든. 그저 사실을 확인해 줬으면 하는 거야. 협력해 주겠지?"

오직 사실만을 말하고 있는 것처럼 미제리아는 당당했다.

"……들어와."

잭 놀이 손짓했다.

「실례합니다~」라고 미제리아가 말했다.

잭 놀의 집에는 도처에 책이 쌓여 있어서 발 디딜 곳도 없었다. 책더미를 무너뜨리지 않도록 조심히 나아갔다. 주방에 간 잭 놀은 로그와 미제리아에게 줄 홍차를 가져왔다.

"싸구려지만."

"고마워."

미제리아는 받자마자 꿀꺽꿀꺽 전부 마셔 버렸다.

"잘 마셨어. 그럼 본론으로 들어갈까."

잭 놀의 험악한 얼굴이 찌푸려졌다.

"넌 누군가를 감싸고 있지?"

"나는 아무도……."

"아니, 이제 안 그래도 돼, 잭 군. 그만해도 돼."

갑자기 미제리아의 말투가 달래는 듯한 어조가 되었다.

"일개 전직 병사에게는 버거운 역할이었겠지. 너를 그 역할에서 해방해 줄게."

잭 놀에게서 동요가 보였다. 마치 누군가에게 도움을 구하듯 사방을 둘러봤다가, 시선을 미제리아에게 되돌리고 떨리는 목소리로 말했다.

"아, 아니야. 나한테는 아무것도 없어."

"괴로웠겠지. 하지만 이제 괜찮아."

"허, 허풍이야! 너, 넌 아무것도 모를 거야!"

잭 놀이 책더미를 걷어차며 외쳤다.

미제리아는 눈썹을 내리고서 매우 동정하듯 말했다.

"이해해. 지체 높은 분에게 명령받으면 거절할 수 없지. 네 잘못이 아니야. 상황이 나빴던 거야."

"뭣!"

잭 놀이 눈을 크게 떴다.

"『2대 귀족』에게 명령받는 건 운석이 머리에 떨어진 것과 같아. 하지만—."

미제리아가 눈썹을 치켜들고서 가슴을 힘차게 두드렸다.

"—더는 걱정할 필요 없어! 우리가 너를 해방하겠어! 약속하지!"

부들부들 몸을 떨더니 잭 놀은 무릎을 꿇고 고개를 숙였다.

"……『그것』은 악마야. 인간이 아니야."

"맞아, 그렇고말고.『그 남자』는 성격이 너무 고약해."

"……전이문 제작도 거절하려고 했었어. 마력 증강약도."

"거절하려고 한 것만으로도 훌륭한 거야."

"……하지만 나는 내 목숨이 아까워서 거역하지 못했어. ……크로노스는 잡을 수 있는 건가?"

불안한 얼굴로 잭 놀이 물었다.

'범인의 이름은 크로노스인가!'

"사실 우리 부서는 일반 수사관이 손댈 수 없는 그런 거물을 단속하기 위한 부서야. 안심해. 넌 자유야."

"자, 자유……."

잭 놀은 두꺼운 팔을 얼굴로 가져가 엉엉 울기 시작했다. 전혀 퇴역 군인답지 않은 모습이었다.

'정말로 해냈어.'

말솜씨만으로 잭 놀에게서 정보를 알아냈다. 잭 놀은 미제리아가 전부 알고 있다고 완벽하게 믿고 있었다.

잭 놀의 어깨를 다정하게 두드리며 미제리아가 말했다.

"우리는 이미 그 남자를 체포할 수 있는 상황이지만, 뒤처리는 신속하게 하고 싶어. 제작한 전이문을, 주된 것만이라도 좋으니까 목록화해 주겠어?"

시선이 마주치자 미제리아는 양쪽 눈썹을 올렸다.

"뭐, 꼭 오늘 안 해 줘도 돼. 천천히 해. 우리는 다시 일하러 갈 테니까."

그러고 나서 돌아가려는 척하자 잭 놀이 일어나 근처에 있는 종이를 덥석 잡고 벽에 눌렀다.

"잠깐만 기다려 줘!"

"아아. 지금 안 줘도 되는데."

"그 악마한테 엄청나게 혹사당했어! 이렇게라도 안 하면 속이 안 풀려!"

잭 놀이 맹렬한 기세로 다 적고 메모지를 건넸다. 미제리아가 품에 넣을 때까지 열렬히 보고 있었다. 마치 여신이라도 보는 것 같았다.

「확실히 받았어」라고 미제리아가 말했다.

"그럼 우리는 돌아갈게. 협력해 줘서 고마워."

"다, 당신 이름은!"

"릴리아."

"고, 고마워! 릴리아 씨! 당신 덕분에 나는…… 나는!"

'감동적이네.'

잭 놀에게 배웅받으며 집을 나왔다. 계단을 내려가면서 로그는 미제리아에게 물었다.

"전부 허풍이었어?"

「허풍이라기보다 감이지. 범인의 후보는 좁혀져 있었고」라고 미제리아가 말했다.

"여기 오기 전에 범인이 『2대 귀족』 중 누군가라는 건 예측할 수 있었어."

"어떻게?"

"데이터베이스에 금색 홍채가 등록되어 있지 않은 게 신경 쓰였어. 지금까지 우리는 군 관계자가 범인일 거라고 예상하고 움직였지만, 군 관계자라면 홍채 정보가 등록되어 있지 않은 건 이상해."

"하지만 그것만 가지고 『2대 귀족』이라고 특정할 수는 없잖아."

"카트린이 불타 죽을 뻔한 날 기억나? 나는 카트린에게 그때 일을 자세히 들었어. 〈탈명자〉 녀석은 카트린을 『마녀』라고 불렀다나 봐. 심지어 과거까지 알고 있는 듯한 모습을 보였어. 이건 이상하지 않아? 우리에 관한 자세한 정보는 수사관에게도 비밀이야. 그런데 왜 〈탈명자〉는 알고 있을까? 어떻게 얼굴만 보고 카트린이 『마녀』임을 알았을까?"

"그건⋯⋯."

로그는 제6부서에 오기 전, 벨라돈나가 했던 말을 떠올렸다.

『나처럼 대~단한 사람은 알고 있지만~.』

수사관이어도 국장급이 아니라면 『마녀』에 관해 알 수 없다.

고작 일개 군인이 마녀를 알고 있을 리가 없는 것이다.

"물론 지위만 따지면 정부 고관도 우리 마녀를 알고 있으니까 범위를 완전히 좁힐 수 없어. 하지만."

"홍채인가."

말하면서 로그는 자신의 멍청함에 기가 막혔다.

짐작 가는 것이 국장실에 놓여 있지 않았던가.

『2대 귀족』들의 얼굴 사진. 모두 금색 눈을 가지고 있었다. 그걸 보고 기분 나쁘다는 생각까지 했었을 터다.

로그의 낯빛이 바뀐 것을 보았는지 미제리아가 고개를 끄덕였다.

「맞아. 자신의 생체 정보를 말소할 권리를 가진 인간이라고 하면 『2대 귀족』밖에 안 떠올라. 뭐, 누가 했는지까지는 알 수 없었지만」이라고 말하고서 미제리아는 엄지로 잭 놀의 집을 가리켰다.

"다행히 저 친구가 지레짐작해 줘서 어떻게든 됐지."

"『남자』라는 건 어떻게 알았지?"

"그건 완전히 넘겨짚은 거야. 여자라고 하면 어쩌나 싶었어."

"……운이 좋았군."

"그렇지."

차에 도착했다.

로그는 왠지 힘이 빠져 문 앞에서 하늘을 올려다보았다. 아슬아슬한 줄타기를 한 탓인지 묘하게 몸이 뜨거웠다. 하지만 아주 싫지는 않았다.

차에 올라탄 로그는 시동을 걸지 않고 「잠깐만 기다려. 국장에게 연락할게」라며 단말을 귀에 댔다. 통화 연결음이 넉넉히 열 번은 들린 뒤에 벨라돈나가 받았다.

"하~이, 로그~. 진전은 좀 있었어? 이쪽으로 돌아올 수 있을 것 같아?"

"국장님, 잠시 묻고 싶은 게 있습니다."

"응?"

"『2대 귀족』 중에 크로노스라는 분이 계십니까?"

"하아……."

긴 한숨 후, 벨라돈나는 말했다.

"있어."

로그는 폴짝 뛰고 싶어졌다. 미제리아를 보고서 이를 보이며 웃자, 미제리아는 눈을 끔뻑인 후 로그에게 마주 웃으며 「해냈네, 로그 군」이라고 작은 목소리로 말했다. 아니, 나는 뭐 하고 있는 거지…….

"로그?"

"아아, 네! ……듣고 놀라지 마세요. 그 크로노스라는 분이 〈탈명자〉 ."

"맞아. 알고 있어."

"네?"

뭐라고?

"잘했다고 칭찬해 둘게. 로그 수사관."

벨라돈나의 달콤한 어조가 사라져 있었다.

"어떻게 된 겁니까? 국장님."

"크로노스 드라케니아…… 그자가 〈탈명자〉의 정체라는 건 나도 파악하고 있어. 그자는 우리의 두통거리였어. 『2대 귀족』 안에서 살인귀가 나오다니."

"아, 알고 있었으면서 왜 막지 않은 겁니까?"

"사정이 있어, 로그. 일단 2대 귀족은 서로 적대하고 있어. 우리 마법 범죄 수사국은 드라케니아 가문의 지휘하에 있지. 크로노스는 드라케니아 가문 출신이야. 가문 사람이 체포당하기라도 하면 그들로서는 아주 좋지 않아. 리그톤 가문이 추궁하지 않을 리가 없어. 그건 저지해야만 해."

"그럼 범죄자를 눈감아 줬다는 겁니까?"

「그건 아니야」라고 벨라돈나가 말했다.

"존재하지 않는 수사팀…… 그래, 너희 제6부서 인원에게 수사를 시키면 아무도 개입할 수 없어. 마녀를 비밀리에 기르고 있다고 국민에게 발표할 수는 없으니까. 크로노스를 체포하더라도, 리그톤 가문도 드라케니아 가문도 모르는 척할 수밖에 없어."

"그래서 알면서 방치했다고요?"

"그래, 맞아. 수사국이 대놓고 수사하면 드라케니아 가문을 배신하는 게 되고, 리그톤 가문에 공격할 빌미를 주게 돼. 그래서 너희에게 맡길 수밖에 없었어."

"그렇, 습니까."

로그는 그때 처음으로 자신의 목소리가 떨리고 있음을 알아차렸다.

"크로노스는 드라케니아 가문의 기밀 마법을 훔쳐 달아났어. 2대 귀족 수장의 연명에 사용되던 마법이야. 소유자의 피부와 융합하여 생체 시간을 조작하는 효과가 있어. 회춘도 노화도 마음대로지. 그 밖에도 치사성 높은 마법이 있었다고 하니까, 무슨 마법을 도둑맞았는지에 따라 내 목이 날아갈 수도 있었어."

그러고 나서 푸념 같은 게 들렸다.

"그나저나 모처럼 비술을 훔쳐서 한다는 게 범죄라니. 아깝네."

"……네."

"로그, 너한테는 감사하고 있어. 개인적으로 디너에 초대하고 싶을 정도야. 뭐, 아무튼 사건을 해결하는 대로 관리관 쪽에 네 자리를 준비해 둘게. 당신은 그럴 만한 활약을 했어요. 사건 해결을 기도할게요."

통화가 끊겼다.

형언하기 어려운 생각이 속에서 빙글빙글 소용돌이쳤다.

〈탈명자〉의 희생자가 떠올랐다. 권력 싸움 따위 무시하고 수사국이 전력을 다했다면 이 사건은 금방 해결되지 않았을까. 핸들을 내리쳐서 경적을 울리고 말았다. 빠앙 하고 주택가에 소리가 울렸다.

"……미안."

자신의 목소리가 아닌 것 같았다.

수사관은 악인을 잡기 위해 있는 것 아닌가.

적어도 로그는 그러기 위해 수사관이 됐다. 손을 뻗으면 잡힐 거리에 있는 악인을 다른 사람의 사정 때문에 묵인하기 위해서 된 게 아니다. 체면이라든가 돈이라든가 그런 걸 신경 쓸 거였으면 수사관이 되지 않았다.

하지만 문득 생각이 들었다.

—그건 확실한가?

로그 옆에도 악인이 있다. 엄청난 악인이다. 이 녀석은 심판 하지 않아도 되는 건가?

"기운 내, 로그 군. 사건은 거의 해결됐잖아."

바로 그 마녀가 그런 말을 했다.

"이건 네 성과야. 자랑스럽게 여겨야 해."

차분한 그 말투가 괜스레 짜증 났다. 마녀의 말투만 짜증 나는 게 아니었다. 자기 자신에게도 화가 났다. 마녀에게 위로받고 있는 자기 자신에게도.

마녀는 악이다.

그래야만 한다.

생각에 잠겨 있던 시간은 그렇게 길지 않았을 것이다. 하지만 그동안 줄곧 폭발해 버릴 것만 같았다.

"그렇게 얘기를 나눈 녀석을 몇 명이나 죽였지, 마녀?"

악의를 소리 내어 말하자 의외로 후련했다.

"사건이 해결된다고? 그래, 확실히 해결되겠지. 이미 한참 늦었지만."

마녀를 향한 악의가 점점 가속했다.

"마녀인 너도 상상할 수 있잖아? 죽은 사람은 되살아나지 않아."

악의가 부추기는 대로, 밝히면 안 되는 것까지 마녀에게 상처를 주기 위한 도구로서 꺼내 들었다. 이제 멈출 수 없었다.

"너희 마녀는 내 부모를 죽였어. 부모뿐만이 아니야. 옆집 할아버지도, 학교 친구들도, 선생님도 친척도 모두, 철저히 고통받고 살해당했어. 아주 대단도 하시지. 생각해 본 적 있어? 어느 날 갑자기 모든 게 엉망이 된 사람의 기분을. 부모님이 부모님의 얼굴을 하고 있지 않았다고. 이해해? 어제까지 웃고 있었던 녀석들이 전혀 다른 사람처럼 변해 있었어. 내가 어떻게 해야 했던 거야? 가르쳐 줘. 어차피 너도 비슷한 짓을 저질렀을 거 아니야."

다 말했다.

금세 허무해졌다.

"하…… 상관없나. 너희한테 인간은 그저 장난감일 뿐이니까."

탁한 눈으로 미제리아를 보니 변함없이 웃고 있었다. 로그의 말에 전혀 동요하지도 않았나. 역시 마녀는 인간과 다르다.

그렇게 시선을 떨어뜨리려고 했을 때였다.

"나는 말이지."

미제리아가 입을 열었다.

"위선자를 싫어해. 하지만 안타깝게도 세상에는 그런 것들 천지지. 틀린 것을 틀렸다고 말할 수 있는 사람은 별로 없어."

"……그게 어쨌는데."

"내가 보기에 너는 옳은 일을 하고 있는 것 같아."

"……말만 해선 아무런 의미도 없어."

"그래? 그걸 알면서 언제까지 여기서 이러고 있을 거야?"

미제리아가 로그의 턱을 잡아 억지로 자신을 보게 했다.

"윽?!"

"네가 해야 할 일은 지금 당장 모두와 정보를 공유하고 한시라도 빨리 범인을 추적하는 거 아닌가?"

미제리아의 파란 눈이 로그를 꿰뚫었다. 화내는 것도 아니고 그저 그 눈에 로그를 담고 있었다.

"……의외네. 마녀인 네가 설교인가?"

"설교라니 무슨 그런 섭섭한 소리를. 사실을 말했을 뿐인데."

"……뭐가 사실이라는 거야. ……뭐가."

목구멍에서 뜨거운 것이 솟구쳤다. 참으려고 했지만 도저히 참을 수 없었다.

"뭐가 성과냐고! 위로 따위 필요 없어! 마녀 주제에 위로하지 마! 쓸데없는 참견이야!"

로그는 턱을 잡은 미제리아의 손을 쳐 냈다.

짝 소리가 났다.

"아……."

빨개진 미제리아의 손을 보고 목소리가 새어 나왔다.

"미아—."

"됐어. 네 말이 맞아."

미제리아가 고개를 가로저었다.

"하지만 쓸데없이 시간을 낭비하지 않는 게 좋아. 포위망이 좁혀 들면 〈탈명자〉가 이판사판으로 나올 수도 있어."

마녀인데, 마녀인데도 지금의 로그에게는 미제리아가 마치 수사관처럼 보였다. 그것도, 고뇌하고 상처 입은 후배를 타이르는 베타랑 수사관처럼.

"나는 너를 때렸잖아! 사과 정도는—."

"내가 맞았다고?"

미제리아는 천연덕스럽게 고개를 갸웃했다. 반론도 막혔다. 자신이 너무 한심했다.

위쪽의 권력 싸움 따위 로그와는 눈곱만큼도 관계없다. 그런데 진실을 알고 뭘 망설이고 있는가. 해야 할 일이 있는데.

로그의 머리에 뭔가가 닿았다. 감촉을 보면 이건…… 손?

"넌 열심히 했어."

미제리아가 그렇게 말하고서 머리를 빗듯 천천히 쓰다듬었다. 나쁘지 않았다. 오히려 편안한 기분마저 들었다.

그런 자신의 반응에 얼어붙어 있으니 미제리아의 목소리가 들렸다.

"애썼어. 그런 너라서 나는 협력해 주자고 생각한 거야. 다른 녀석이었다면 그런 짓 안 해."

"……그만해, 창피하니까."

머리를 쓰다듬는 손을 부드럽게 밀어내려고 하자 미제리아가 말했다.

"그만하길 원한다면 아까처럼 손을 쳐 내지 그래?"

그렇게 말하는 건 치사했다.

"……그러면 거절할 수 없잖아."

고개를 돌리자 미제리아가 웃었다.

"후후, 넌 그냥 얌전히 손길을 받으면 돼."

"……시끄러워."

"아, 귀 새빨개. 얼레리꼴레리~!"

미간에 주름이 확 잡혔다. 말대꾸하는 대신 로그는 눈을 감았다.

이 녀석은 정말로 마녀인 걸까. 수사관을 다섯 명이나 죽였다고 했다. 황국에 재앙을 가져왔다는 것도 알고 있다. 고문을 했다. 말하는 것도 대개 악랄하다. 하지만 로그는 상처 하나 입지 않았다. 그래서 미제리아가 마녀라는 게 의심스러워졌다. 정말로 죄를 저질렀을까.

감화라도 된 건 아니다.

하지만 조금 더 이대로 손길을 받고 싶다고 생각했다.

결국 사건이 해결되면 로그는 제6부서에서 사라지니까.

◇

　5구와 6구 사이에 있는 페인트 가게. 잭 놀이 준 메모는 그곳을 가리키고 있었다. 지금까지 찾은 은신처와 달리 건물이 깔끔했다. 정면의 셔터는 이미 열려 있었지만 어두워서 안이 보이지 않았다. 로그는 옆에 있는 카트린에게 뒷문으로 가라고 눈짓하고서 셔터를 지나 혼자 안에 들어갔다.

　들어가자마자 방 한구석에 사람 실루엣이 있는 게 보였다. 그 실루엣의 두 눈이 있는 부분이 마치 고양이처럼 빛나고 있었다. 귀족만이 가진 금색 눈. 조급해지는 마음을 억누르고 신중하게 걸어가자 말을 걸어왔다.

　"안녕."

　막역한 남자 목소리였다.

　"직접 만나는 건 처음이네. 얘기는 들었어, 로그 마카베스타 수사관."

　"손 들고 벽 쪽을 봐."

　받아 주지 않고 말하자 웃음소리가 났고 이어서 스위치를 켜는 소리가 났다. 전등이 들어오면서 순간 눈이 부셨다.

　"고대하고 있었어. 나를 쫓는 사람의 모습을 알아 두고 싶어서 말이야."

　조명 스위치에 손을 올린 자세로 〈탈명자〉— 크로노스 드라케니아는 서 있었다.

반듯하게 생긴 청년으로 금색 눈을 휘며 부드럽게 웃고 있었다.

"손들어."

한 번 더 말했다.

"범인과 수사관의 염원하던 대면이잖아. 조급하게 굴면 아깝지."

스위치에서 손을 떼고 크로노스가 유유히 걸어왔다.

"얘기를 하자."

"뭐라고?"

"얘기해 보지 않으면 알 수 없는 것도 있잖아? 내 얘기를 들으면 너도 생각이 바뀔 거야."

5미터쯤 거리에서 크로노스는 멈춰 섰다. 무기를 가지고 있는 것 같지는 않지만, 각인을 몸에 새겼다면 무기가 없어도 로그를 공격할 수 있다.

로그가 미심쩍어하자 크로노스는 양손을 펼쳐 맨손임을 어필했다.

"나쁜 짓을 하면 마녀가 찾아온다…… 들어 본 적 없어?"

그렇게 말했다.

일순 굳었다.

왜 지금 그 얘기를 꺼내는지 전혀 이해할 수 없었다. 애초에 그건…….

"……전래 동화잖아."

그저 아이들을 훈계하기 위한 이야기. 진짜 마녀와는 전혀 비슷한 구석이 없는, 어릴 때만 믿는 가짜다.

크로노스는 고개를 끄덕였다.

"맞아. 확실히 전래 동화지. 하지만 전래 동화가 아니게 될 방법이 있다면?"

"……무슨 말이야?"

"잘 생각해 봐. 이 얘기가 전래 동화가 된 건 마녀의 위협이 잊혔기 때문이야. 먼 옛날에 있었던 일이라서 다들 실감을 못하고 있어. 하지만 마녀가 현대에 존재한다면 누가 이 얘기를 웃어넘길 수 있겠어?"

확신하는 듯한 울림이 있었다. 그렇게 될 거라는 자부심. 로그는 그것을 완전히 부정할 수 없었다. 왜냐하면 로그는 마녀가 어떤 존재인지를 이미 알고 있기 때문이다.

크로노스는 말했다.

"악행은 절대 근절되지 않아. 그렇다면 수사관. 그『양』을 제어하면 돼. 하나의 절대적인 존재로, 악은 반드시 죗값을 치른다는 전제를 만드는 거야. 모두가 평등하게 심판받는 거지. 그렇게 되면 공포에 의해 자동으로 악행은 억제돼."

"……그게 네 목적이란 건가?"

"맞아. 나는 그걸 위해 살인하고 있어. 말하자면 마녀의 시대를 재현하는 거야. 분명 세상은 지금보다 좋아질 거야."

아예 상대하질 말았어야 했다고 로그는 생각했다. 말도 안 되는 논리였다. 인정할 수 있을 리가 없다.

하지만 정말 그럴까.

제6부서의 마녀들이 목줄을 차고 있지 않았다면, 그 강대한 힘을 해방한다면 크로노스의 논리는 통하지 않을까.

"……"

고개를 든 그 생각을 바로 부정했다. 절대 받아들일 수 없다. 그게 성립되기까지 무관계한 사람이 대체 얼마나 희생될까.

입을 다문 로그를 보며 크로노스는 미소 지었다.

"나는 이 계획의 성공을 확신하고 있어. 너도 동료가 되어 줬으면 해. 로그 수사관."

열에 들뜬 것처럼 말하고서 자신의 왼팔을 만졌다. 묘한 손짓이었다. 자신의 팔인데 마치 위험한 것을 만지듯 신중해 보였다.

―2대 귀족이 소유한 기밀 마법. 소유자의 피부와 융합하여 효과를 발휘한다고 벨라돈나는 말했었다.

"마녀는 마법과 융합해 있어. 그걸 달성한다면 조건은 거의 클리어했다고 봐도 돼. 물론 아직 내 융합은 불완전해. 『피부』만 융합되어 있어. 하지만 조만간 나는 진정한 마녀가 될 거야. 그러면 마녀의 시대가 부활하는 거야. 너에게도 내 성과를……"

크로노스는 말하다가 고개를 옆으로 기울였다.

뒷문으로 들어온 카트린이 크로노스 뒤에 서 있었다.

"……움직이지 마세요."

크로노스의 연설을 들었는지 뭔가를 필사적으로 참는 얼굴로 그녀는 말했다.

"너는 그때 그 마녀인가. 살아남아 줘서 다행이야. 가능하면 마녀는 안 죽었으면 하니까."

"……당신과 할 얘기는 없어요."

카트린이 그렇게 말하자 크로노스는 쾌활하게 손을 내밀었다.

"나를 돕지 않을래? 마녀인 네가 나와 손을 잡는다면 세상은 순식간에 좋아질 거야. 어때? 〈성녀〉. 다시 누군가를 구할 마음은 없어?"

카트린이 아연해했다. 로그도 너무 화가 나서 아무 말도 할 수 없었다. 내민 손을 쳐 내고서 수갑을 꺼내고 한껏 적의를 담아 노려보았다.

"널 체포하겠다."

팔을 붙잡히며 크로노스가 말했다.

"언제든 협력해 줘. 나는 성격이 느긋한 편이야."

"……더는 입 열지 마."

수갑을 채우고 내씹듯 말했다.

"너를 한 대 갈기고 싶으니까."

"─네. 끊겠습니다."

로그는 벨라돈나와 통화를 끝냈다. 마녀들의 시선이 로그에게 모여 있었다.

회의실 끝까지 들리도록 로그는 분명하게 말했다.

"내일 『2대 귀족』 사람이 〈탈명자〉를 넘겨받으러 올 거라는 모양이야. 뭐, 제대로 재판받을지는 모르겠지만, 어쨌든⋯⋯ 사건 해결이야. 다들 협력해 줘서 고맙다."

소란스러운 마녀들의 목소리가 들렸다.

더 고마워하라는 둥 돈을 내놓으라는 둥 무릎베개를 제공하라는 둥 시끄러웠다.

「알았어, 알았어! 어떻게든 해 줄 테니까 일단 조용히 해」라고 로그는 말했다.

"마지막 정도는 좀 조용히 하자."

"수사관⋯⋯ 정말로 가 버리는 건가요?"

그렇게 말한 것은 카트린이었다. 집을 나서려는 주인을 붙잡는 강아지 같은 눈으로 로그를 보고 있었다.

로그는 잠시 주저했다가 말했다.

"그래, 갈 거야. 원래부터 그러기로 했었어."

"하시만, 하지만, 제6부서에서도 수사할 수 있잖아요. 굳이 다른 곳에 안 가도⋯⋯."

"『욕심쟁이는 남아선 안 된다』."

"예? 갑자기 무슨 소리예요?"

고개를 갸웃하는 카트린에게 말했다.

"수사관들 사이에서 자주 나오는 금구야. 바라는 게 있다면 죽기 전에 냉큼 사직하라는 뜻이지. 신입은 모두 처음에 배우게 돼. 아무도 목숨을 보장할 수 없다는 걸."

"그건……."

카트린은 어물거렸다. 어쩌면 이어질 말을 예측한 걸지도 모른다.

"국장님은 내게 관리관 자리를 준비해 줬어. 현장에서 완전히 벗어나는 건 아니지만, 범죄자들과 직접 싸우는 것보다는 훨씬 안전한 계급이야. ……요컨대 난 이제 현장은 지긋지긋하다는 거야."

카트린이 고개를 숙여 버렸다. 로그는 자신의 머리를 거칠게 헝클었다.

"뭐…… 좋지 않아?"

후마후가 머리를 꾸벅거리며 말했다.

"너는 평범한 인간이니까. 우리랑은 달라. 죽기 전에 냉큼 거리를 벌려 둬."

"일리 있군."

미제리아가 로그를 보았다.

"도망칠 수 있을 때 도망치지 않으면 출구는 금세 닫혀 버려. 내일 크로노스를 넘기고 나면 이곳의 존재는 그냥 잊고, 다음 점심을 어디서 먹을지나 생각하는 게 어때?"

"……그래."

로그는 무표정하게 고개를 끄덕였다. 미제리아는 평범하게 얘기하고 있지만, 차에서 머리를 쓰다듬었을 때를 떠올리면 소리를 지르고 싶어졌다. 아무 느낌도 없어 보이는 미제리아를 믿을 수가 없었다. 어떻게 되어 먹은 거야.

미제리아가 과장되게 손을 번쩍 들고 마녀들을 선동했다.

"제6부서에서 살아남은 운 좋은 신입을 다 같이 치하해 주자. 자, 박수, 박수~."

후마후가 하품하며 박수를 보냈고 카트린이 코를 훌쩍거리며 짝짝 손뼉을 쳤다. 안제네가 히죽 웃고 사무원 리코가 떨어진 곳에서 조용히 박수 치는 게 보였다.

로그는 낯간지러워져서 마녀들에게 등을 돌렸다. 뒤에서 「음? 부끄러워하는데. 다들 더 크게 박수」라고 미제리아가 말하는 게 들렸다. 저 바보가…….

그러자 이번에는 리코가 거대한 피자를 들고 왔다. 테이블에 펼치고 나눴다. 그리고 와인병도 가져왔다.

사건 해결을 축하하는 건가. 마녀들이 그런 발상을 가지고 있을 줄은 몰랐다.

당황하고 있는 사이에 잔을 들게 됐고, 마녀들이 모여 있는 곳으로 이동하게 됐다. 미제리아가 와인을 따랐다. 마녀들은 잔을 한 손에 들고서 기대하는 눈빛을 보냈다.

"거, 건배……."

말할 수밖에 없었다.

◇

송별회를 마치고 로그의 차림새는 흐트러져 있었다. 세면소에서 세수하여 사고를 전환했다. 즐거운 시간은 끝났다.

로그에게는 해야 할 일이 남아 있었다.

크로노스의 독방으로 향했다. 녀석에게 물어봐야 할 것이 있었다.

한동안 걷자 크로노스의 독방에 도착했다. 녀석은 침대에 앉아 몸을 숙이고서 눈을 감고 있었다.

"어이."

크로노스가 한쪽 눈을 떴다.

"너구나. 나한테 볼일 있어?"

"잭 놈을 협박했었지? 어떻게 한 거야?"

「아아, 그 친구 말이지. 전이문 설치를 도와주지 않으면 학살을 가족과 친구에게 폭로하겠다고 했을 뿐이야」라고 크로노스가 대답했다.

"정화 전쟁 기록을 살짝 봤거든. 미지카 마을이란 곳을 그 친구가 전멸시켰더라고. 작전 행동과는 전혀 상관없는 곳이었지. 원래는 공격할 필요 없었는데, 뭐, 어쩌다 보니 저질러 버린 모양이야."

감고 있던 왼쪽 눈을 뜨고 크로노스가 말을 이었다.

"미안하지만 이용해 줬어. 상당히 후회하고 있는지, 살짝 내비치기만 했는데 넘어오더라. 불쌍한 사람이야."

동정하는 것처럼 말하고 있지만 본심으로 보이지도 않았다. 이런 대화는 빨리 끝내자. 로그는 본론으로 들어갔다.

"잭 놀 말고도 협력자가 있었을 거야. 아니라면 그 많은 양의 각인을 설치할 수 있을 리가 없어."

"다른 사람에게 너무 도움받는 것도 아닌 것 같아서. 그 친구뿐이야."

"시치미 떼도 소용없어. 곧 전부 밝혀질 거야."

"믿어 주지 않는다면 어쩔 수 없지. 포기할게."

"……상당히 여유로워 보이네. 드라케니아 녀석들이 널 용서할 것 같아?"

로그는 크로노스에게 보이지 않는 위치에서 주먹을 움켜쥐었다. 마음에 안 들었다. 이 녀석의 모든 언동이.

"글쎄? 용서할지도 모르고, 용서 안 할지도 모르지."

크로노스가 머리를 쓸어 올리고서 두 눈으로 로그를 보았다.

'이 녀석은.'

마녀들과 똑같은 눈이었다. 인간의 존재를 아무렇지도 않게 여기는 초연한 눈.

등골이 오싹했다.

크로노스 드라케니아는 감옥에 있으면서도 아직 포기하지

않았다.

'이 지경이 됐는데도 뭔가를 꾸미고 있어.'

"날 걱정해 줘서 기쁘지만, 너야말로 괜찮겠어?"

"뭐?"

크로노스가 정말 걱정스럽다는 듯 눈썹을 찡그렸다.

"『2대 귀족』쪽에 있을 때 들은 얘기가 있어. ……한마디로 요약하자면, 이 부서에 배속된 수사관은 반드시 살해당한다는 거였지."

로그는 일순 얼떨떨해하고서 코웃음을 쳤다.

"나도 그렇게 생각했었지만, 안타깝게도 헛소문이야."

크로노스가 슬픈 얼굴로 고개를 저었다.

"수사 기간 중에 죽일 리가 없잖아. 그러면 마녀들이 자유롭게 행동할 수 있는 시간이 줄어들어. 살해당하는 건 수사 종료 후야."

심장이 크게 뛰었다.

무슨 말을 하는 거지.

"어젯밤, 미제리아라는 마녀가 찾아왔어. 무슨 얘기를 했을 것 같아? 네가 서의 부지를 나선 순간 머리를 쏘겠다고 했어. 그러니까 조심하는 게 좋아."

"그, 그런, 거, 거짓말이야……."

입안이 바싹 말랐다.

그 녀석이 나를 죽인다고?

미제리아의 얼굴이 머릿속에 떠올랐다. 항상 깔깔 웃고 있었다. 비아냥과 악의와 아주 약간의 상냥함…… 그것들이 뒤섞인 녀석이었다. 그리고 어제도 로그의 머리를 쓰다듬었—.

"슬픈 일이지만, 그녀들은 마녀야. 인간 한 명 죽이는 건 식은 죽 먹기지."

크로노스가 말했다.

—아니, 틀렸다.

뭔가가 이상했다.

뭔가가.

"〈목줄〉."

회로가 연결된 것처럼 말이 나왔다.

마녀의 〈목줄〉. 왜 잊고 있었지. 그게 있는 한, 마녀는 사람을 죽일 수 없는데. 사람을 죽이면 그 마녀까지 죽는데 왜 미제리아가 로그를 죽이겠는가.

"너는 거짓말을—."

크로노스에게 호통치려다가 로그는 털썩 무릎을 꿇었다. 다리에 힘이 안 들어갔고 눈앞의 풍경이 뿌옇게 보였다.

'대체 무슨……'

의식도 마치 꿈에 빠져드는 것처럼 흐릿해졌다. 눈을 삼으면 곧장 잠들어 버릴 것 같았다.

"고마워, 덕분에 살았어!"

크로노스의 발랄한 목소리가 들렸다.

그리고 누군가가 걸어오는 기척이 느껴졌다.

혼신의 힘을 쥐어짜 고개를 들었다.

로그를 내려다보는 그림자가 보였다. 조명이 역광이 되어서 잘 보이지 않았다.

그 순간, 그림자가 한 발짝 앞으로 나왔다. 베일이 벗겨지듯 얼굴이 보였다.

"미안해요."

카트린이었다.

3장 마녀의 목줄은 풀 수 없다

의식이 몽롱한 가운데, 로그는 자신이 차로 운반되고 있다는 것을 알았다.

방부제 냄새가 코를 찔렀고 때때로 누워 있는 바닥이 진동했다. 손발이 묶여서 움직일 수 없었다. 눈을 떠도 시야는 캄캄했다.

'여긴 트렁크 안인가……'

거기서 의식이 끊겼다.

다음으로 깨어난 것은 바람 소리가 들렸기 때문이다.

바람이 로그의 목덜미를 어루만지고 갔다. 바다 냄새가 났다.

그 순간, 몸을 받치는 바닥이 없다는 것을 깨달았다. 로그 옆에는 카트린이 걷고 있었다. 로그는 여전히 누워 있는 자세였는데 시선은 높아서 카트린과 평행했다.

'부유 마법인가.'

멍한 머리로 어떻게든 짐작했다.

전방에는 크로노스가 있었다. 수평선이 펼쳐져 있었다. 하늘은 어두웠고 기온이 쌀쌀했다. 한밤중이 된 것 같았다. 만안까지 왔다면 대체 얼마나 시간이 지난 걸까.

"여긴 말이지, 진짜 최후의 은신처야. 외국에서 다른 사람의 명의로 창고와 이곳 일대를 구매했어. 뭐, 종업원들에게는 미안

했지만, 예상치 못한 일은 아무래도 일어나는 법이지."

크로노스가 말했다. 로그한테 말한 게 아니라 카트린에게.

"그런가요."

"좀 더 기뻐해 줘. 네 덕분에 나는 살았으니까."

"하지만……."

거대한 창고가 보였다. 고래가 몇 마리는 들어갈 것처럼 컸다. 정면의 셔터는 닫혀 있어서 뒷문으로 갔다. 전자 잠금장치인지 크로노스가 번호를 입력하자 문이 열렸다.

안에는 컨테이너가 균등한 간격으로 늘어서 있었다. 꼼짝도 못 한 채 나아갔다. 이윽고 뒷문이 완전히 안 보이게 됐을 때 이동이 끝났다.

"좋아, 거기 내려 줘."

크로노스가 말하자 로그의 몸이 천천히 하강하여 바닥에 엎어졌다.

"최면도 풀어 줘. 이 친구가 또렷한 머리로 얘기를 들어 줬으면 하니까."

"……정령님, 고마워요."

카트린의 목소리가 들리자 머릿속에 껴 있던 안개가 급속도로 사라지며 시야도 양호해졌다. 카트린과 크로노스가 로그를 내려다보고 있었다. 즉시 몸을 일으키려고 했지만 제대로 일어나지 못하고 다시 이마를 바닥에 박았다. 살펴보니 밧줄이 사지를 묶고 있었다.

"역시 대단하네. 아무런 준비도 필요 없다니. 과연 〈성녀〉야."

크로노스가 무릎을 굽혀 로그의 어깨를 흔들었다.

"자, 고개를 들어."

"……어째서?"

왜 크로노스와 카트린이 함께 있는가.

"그게…… 수사관……."

카트린이 양손으로 얼굴을 가렸다. 어깨를 떨며, 당장에라도 주저앉을 것 같았다. 무슨 짓을 하면 그녀를 이렇게까지 몰아붙일 수 있는 걸까. 미제리아에게 비난받았을 때도 이런 모습은 보이지 않았었다.

"너…… 카트린한테 무슨 짓을 한 거야!"

바닥에 엎어진 채 로그가 소리쳐도 크로노스는 태연했다.

"딱히 아무 짓도 안 했어. 나는 그저 이 아이를 좀 자세히 알거든. 『기록 보관고』라는 곳에서 황국의 『역사서』를 봤지. 뭐, 그게 우연히 이 아이의 페이지였던지라. 이 아이가 한 짓을 알게 된 거야."

"……하지 마세요."

카트린이 울먹이는 목소리로 말했다.

"……수사관에게는 말하지 마세요……."

그걸 들은 크로노스는 「말하지 않을 순 없지」라며 쓴웃음을 짓고서 로그를 보았다.

"있지, 수사관. 마녀가 왜 마녀라고 불리는지 알아?"

"……황국에 큰 재앙을 가져왔기 때문이잖아."

"그것도 맞아. 하지만 정답은 아니야."

"……힘이 있기 때문에."

"그것도 틀렸어. 모르는구나. ……정답을 말하자면, 마녀가 마녀라고 불리는 이유는 그 정신 때문이야."

크로노스가 자신의 관자놀이를 톡톡 두드렸다.

"늑대가 양을 잡아먹는 건 당연해. 안 그러면 살 수 없어. 하지만 양이 양을 잡아먹는다면? 고기 같은 건 먹을 필요가 없는데 동족을 죽여서 먹는 거야. 수사관, 내가 하고 싶은 말은 즉, 마녀는 동족을 잡아먹는 짐승이야. 능력이 있든 없든 상관없어. 왜냐하면 뛰어난 힘을 안 가지고 있어도 마녀는 자신의 욕망을 채울 수 있으니까."

그렇게 말하고 크로노스가 카트린을 가리켰다.

"〈성녀〉 카트린은 화산 분화로부터 고향을 구하지 못했지. 하지만 그건 진실이 아니야. ……그녀는 구하지 못한 게 아니야. 구하지 않은 거야."

"……이제 그만…… 그만해 주세요."

손바닥에서 흘러넘친 물방울이 카트린의 발밑에 떨어진 것이 보였다.

"이제 연기는 그만두는 게 어때? 〈성녀〉. 지금 상황도 즐기고 있잖아? 타인을 배신하는 것이 네 삶의 낙일 테지."

카트린의 얼굴을 덮은 손을 크로노스가 강제로 떼어 냈다. 눈물로 엉망이 된 그녀의 얼굴은 웃고 있었다. 생일을 맞은 어린아이 같은 얼굴이었다.

"수사관, 보지 마세요……!"

울면서도 기뻐 보였다. 소심해 보이는 눈썹은 치켜 올라갔고, 입술은 요염하게 호를 그리고 있었다.

"카트……린?"

시야에 잡힌 광경을 믿을 수 없었다.

"거짓말이지……? 거짓말이라고 해!"

"죄, 죄송해요, 수사관! 거짓말이 아니에요……! 저! 지금 『무척』 흥분해 있어요!"

"어, 어째서……?! 잔혹한 범인을 내버려둘 수 없다고 했잖아! 그것도 거짓말이었어?!"

"거짓말이 아니에요!"

카트린은 로그의 말을 지우듯 외쳤다.

"사람들이 몹쓸 짓을 당했잖아요! 그건 당연히 가엾죠! 용서할 수 있을 리가 없어요!"

통절한 목소리였다.

거짓말하고 있는 것처럼 보이진 않았다. 피해자의 아픔을 상상하고 돕고 싶어 하는, 그런 감정이 전해졌다.

그렇기에—

"하지만 그래서 좋은 거예요! 저를 믿어 준 사람이 슬픈 표정을 짓거나, 화내면서 죽어 버리는 게, 저는 너무 좋아요……!"

무슨 말을 하는 건지 이해할 수 없었다.

"죄, 죄."

카트린은 떠듬거리며 말했다.

"죄, 죄악감이 기분 좋아서! 사, 사실은 참으려고 했어요…….
하, 하지만, 로그 수사관은 아주 좋은 사람이라, 이런 사람의 신
뢰를 배신하면 어떻게 될까 싶었고! 상상했더니 머릿속을 떠나
지 않아서!"

목소리가 점점 커지고 카트린의 눈에서 눈물이 주르륵 흘렀
다. 분명 그건 진심으로 슬퍼하고 있는 증거일 것이다.

"죄송해요! 당신을 배신하게 돼서, 죽이게 돼서 죄송해요! 부
디 저를 원망해 주세요! 저를 용서하지 마세요!"

이 말도 진심으로 하고 있을 것이다.

하지만…….

카트린이 무언가 말할 때마다 로그의 심장은 차가워졌다.

"죄송해요……! 죄송해요……!"

카트린은 참회하며 웃고 있었다. 로그를 보며 웃고 있었다.

'아아, 그런가.'

로그는 미제리아가 했던 말을 마침내 이해했다.

『나는 솔직한 사람을 좋아해. 근데 너는 싫어. 무슨 말인지 알
겠어? 〈성녀〉 카트린? 아무것도 구하지 못하는 불쌍한 마녀.』

그게 맞았던 거다. 미제리아는 처음부터 카트린의 기질을 간파하고 있었던 것이다. 카트린은 아무도 구할 수 없고 구할 생각이 없다. 그러면서 구하지 못하는 것을 슬퍼하고 있었다. ……틀림없이 거짓말쟁이다.

멍하니 있으려니 구두가 이동해 오는 것이 보였다.

"널 기절시킨 건 이 아이야. 〈최면〉을 썼지. 그리고 나를 감옥에서 꺼내 줬어. 마녀들의 추적은 어떻게 하나 싶었는데, 그것도 이 아이가 걸어 준 〈은폐〉 덕분에 어떻게든 됐어."

목소리가 들리더니 크로노스가 무릎을 굽혀 얼굴을 가까이 가져왔다.

"어제 마녀 미제리아가 찾아왔다고 했지. 그건 거짓말이야. 찾아온 건 〈성녀〉였어. 『역사서』를 떠올리고 도와달라고 했더니 간단히 이쪽에 붙었지. 예상치 못한 행운이었어. 하지만 사실은 다른 수단을 쓸 예정이었어. ……그 수단은 바로 너야."

무릎을 굽힌 채 크로노스가 왼쪽 소매를 걷었다. 팔에는 검붉은 마법 각인이 빽빽하게 새겨져 있었다. 아니, 이건 각인일까? 새겨져 있는 문자 자체가 팔 위에서 기어다니고 있었다. 마치 살아 있는 것처럼.

"〈시간조작〉이야. 기밀 마법과 융합하면 이렇게 되는 모양이야. 진짜 마녀는 더 잘 융합해 있겠지만."

자조적으로 말하고서 크로노스가 로그의 머리에 손을 얹고 이해할 수 없는 말을 내뱉었다.

"■■■■."

세상 사람들이 쓰는 어떤 말과도 달랐다.

'영창……한 건가?'

"마법에 명령하기 위한 순수한 말이야. 참고로 방금 그건 『시간이여, 역행하라』라는 명령이야."

시간을 역행…… 노화시키지 않는 건가? 로그가 당황하고 있으니 크로노스가 말했다.

"거래하자. 이 마법을 쓰면 얼마든지 연명할 수 있어. 2대 귀족의 수장이 몇 살인지 알아? 엄청나. 나와 한편이 되면 너도 그 은혜를 받을 수 있어."

"……거래?"

"그래. 너 정도 실력자가 동료가 되면 든든하고, 무엇보다 수사국의 내부 정보를 얻을 수 있어. 그리고 너는 늙지 않을 수 있는 거야. 나쁘지 않은 얘기지?"

친애의 정 같은 것을 드러내며 크로노스는 미소 지었다.

로그는 그것에 일순 넘어갈 뻔했다.

하지만 절대 용납할 수 없는 점이 하나 있었다.

"……질문하고 싶어."

"그래. 물어 봐."

미소 지으며 크로노스가 말했다.

"……너는 마녀의 시대를 만들고 싶다고 했지. 지금까지 몇 명을 희생시켰지?"

그렇게 로그가 말하자 크로노스의 미소가 무너지고, 기억을 더듬듯 한쪽 눈썹이 치켜 올라갔다.

"100명 좀 넘게 죽인 것 같은데, 정확히는 모르겠어. 〈시간조작〉은 노사시키는 게 기본이지만, 생체 시간을 역류시켜서 존재를 소멸시킬 수도 있으니까. 이곳의 종업원도 포함한다면 다소 오차가—."

이야기를 듣고 있으려니 심장이 빠르게 뛰기 시작했다.

〈탈명자〉의 대의명분. 이 녀석에게 그딴 건 어찌 되든 좋은 것이다. 얄팍한 가면으로 자신을 속이고 그저 손에 넣은 마법으로 놀고 있을 뿐이다.

그걸 안 순간, 가만히 있을 수가 없었다.

"……이."

"아아, 왜?"

"이 개자식아아아아아아아아아아아아아아!"

로그는 크로노스의 발목을 물려고 했다. 크로노스는 그걸 휙 피하고서 턱을 걸어찼다.

"윽."

"곤란하게 됐네. 거래 실패인가. 잘 풀릴 줄 알았는데. 이러면 소멸시킬 수밖에 없잖아."

턱이 흔들렸고 시야도 흔들렸다.

타는 듯한 분노가 치솟는데 몸은 차가워졌다. 손끝까지 체온이 느껴지지 않았다.

—나는 여기서 죽는 건가?

동료에게도 배신당하고 아무것도 남기지 못하고서 죽어 가는 건가?

"응?"

크로노스가 어리둥절해했다.

"뭐 하는 거야?"

로그는 대답하지 않았다.

대신 온몸으로 기듯이 움직였다. 손발을 쓸 수 없지만 이렇게 조금은 이동할 수 있다.

"도망칠 수 있을 리가 없잖아. 그렇게까지 해서 도망치고 싶었어? 실망이야, 수사관."

마음대로 말하라지. 로그가 여기서 죽으면 누가 이 녀석에 대해 전할 수 있단 말인가.

이 녀석의 악행을 대중에게 알리기 전에는 죽을 수 없다.

조금이라도, 조금이라도 흔적을 남겨야…….

"흥이 깨졌어. 지금 당장 죽어."

크로노스가 손을 들었다.

—아.

그 순간, 크로노스의 어깨가 튕겼다. 피가 튀어 로그의 몸에 떨어졌다. 크로노스가 바닥에 쓰러져 데굴데굴 굴렀다.

"아윽아아아아아아!"

그리고 깜짝 놀란 표정을 지었다.

"용케 살아 있어 줬어, 로그 군."

익숙한 목소리가 위쪽에서 들렸다.

"이야~ 의외로 맞는구나, 권총도."

미제리아가 컨테이너 위에서 손에 든 권총을 물끄러미 보고 있었다.

"미, 미제리아!"

"마침내 이름으로 불러 줬구나. 그게 굳이 이런 순간일 필요는 없었는데 말이야."

미제리아가 장난스럽게 웃었다.

"그, 그거야말로 지금은 어찌 되든 좋잖아!"

감정이 뒤죽박죽 섞이는 걸 느끼며 로그는 외쳤다.

"그것도 그러네."

컨테이너에서 미제리아가 뛰더니 소리 없이 착지했다. 그리고 파란 눈으로 크로노스를 보았다.

"힉."

"안 되지, 안 돼. 무서워하면 쓰나. 남자잖아?"

미제리아가 어깨를 으쓱였다.

"……〈인형귀〉구나! 정신 지배로 인간을 인형으로 만들지?"

뒷걸음질 치며 크로노스가 말했다.

"하지만 그만큼 효과 범위는 한정되어 있어."

"흐응, 뭐, 그렇지. 하지만 이미 너의 정신은 『틀어잡았어』."

미제리아가 한 발짝 내디뎠고「응?」하고 말했다.

"여기까지 와서도 방해하는 거야? 카트린."

카트린이 앞길을 막아서듯 미제리아 앞에 서 있었다.

"……마법은 풀었어요."

중얼거리듯 카트린이 말했다.

"그, 그래. 못 쫓아오게 붙잡고 있어 줘! 나는 아직 죽을 수 없어. 마녀의 시대를 만들 거라고!"

크로노스가 일어나서 달리기 시작했다.

"거기 서! 도망치지 마!"

로그가 말했지만 크로노스는 컨테이너 사이로 들어가 시야에서 사라졌다.

"젠장!"

욕을 내뱉자 손가락을 딱 튕기는 소리가 나더니 로그를 묶고 있던 밧줄이 끊어졌다. 깜짝 놀라서 미제리아를 보았다.

"쫓아가."

미제리아가 히죽 웃었다.

"저 녀석에게 한 방 세게 먹이고 싶지?"

"그래!"

로그도 입꼬리를 올렸다.

지금 가장 하고 싶은 일이었다.

떠나는 로그를 눈으로 좇으며 카트린이 말했다.

"죽어 버릴 거예요, 수사관이."

미제리아는 눈길도 주지 않고 느긋하게 기지개를 켰다.

"어디선가 들어 본 말이네. 뭐, 우리 로그 군은 다부져서. 걱정할 필요 없어."

카트린의 눈물은 이미 멈춰 있었다. 눈물을 닦지도 않고 미제리아를 노려보았다.

"음? 뭔가 마음에 안 드는 말이라도 했나? 미안. 섬세한 감정선 같은 건 잘 읽지 못하거든."

"입만 살아선……. 여긴 어떻게 왔죠? 탐지 마법에 걸리지 않도록 해 뒀는데요."

"본인 가슴에 대고 물어봐."

미제리아가 자신의 가슴을 툭 두드렸다. 그녀의 움직임에서 눈을 떼지 않고 품에 손을 넣었다. 속옷 바깥쪽에 뭔가가 붙어 있었다. 초파리처럼 작은 기계.

─안제네의 도청기!

"대체 어떻게……?!"

카트린은 말했다.

"주위에 있는 사람들과는 친하게 지내 둬야지. 특히 우리의 옷을 매일 세탁해 주는 사람과는 말이야."

리코인가.

짐작해 내고 카트린은 이를 갈았다.

역시 미제리아는 강적이다. 마법이 강력하다는 의미가 아니라, 늘 남의 뒤통수를 치려고 하는 성격이 성가셨다. 이대로 계속 떠들게 해 봤자 좋을 게 없다.

「정령님」 하고 중얼거리며 양팔을 좌우로 펼치고 손바닥이 위를 향하도록 했다.

왼손— 바람이 윙윙거리고 광구(光球)가 손바닥 위에 나타났다. 광구를 중심으로 대기가 소용돌이쳐 먼지가 빨려 들어갔다. 처음에는 회오리 수준이었지만 창고 천장에 닿을 만큼 큰 소용돌이로 성장했다.

오른손— 적구(赤球)가 나타났다. 야구공만 했던 적구는 매초 비대해져 야구공에서 배구공으로, 배구공에서 짐볼로 커졌고 승용차와 비슷한 크기가 되자 비대화가 멈췄다.

바람이 서로의 머리카락을 세차게 날렸고 적구가 발산하는 열이 피부를 자글자글 태웠다.

"이건 또 대단한 마법이네."

미제리아가 감탄한 듯 말했다.

"〈풍인(風刃)〉과 〈소양(燒陽)〉인가. 〈목줄〉의 제한을 넘지 않았어?"

"문제없어요. 그보다 자신을 걱정하는 게 좋을 거예요."

"걱정이야 물론 하고 있지. 다진 고기가 된 후에 햄버그스테이크가 되지 않도록 조심하란 거잖아?"

"당신은 진짜!"

미제리아는 한없이 장난스러운 태도였다. 카트린의 격렬한 감정을 요리조리 피했다. 그게 너무 화가 나서 참을 수가 없었다.

그리고 저 눈.

─파란 눈이 마치 카트린의 모든 것을 장악하고 있는 것처럼 꿰뚫어 봤다.

예전부터 그랬다. 카트린은 자신을 믿어 주는 사람을 배신하는 걸 좋아했다. 그 사람의 마음이 상처 입으면 그녀도 상처 입은 것처럼 느꼈다. 그게 좋았다. 카트린은 자신의 마음을 너무너무 상처 입히고 싶었다. 하지만 미제리아는 그런 카트린을 저 눈으로 들여다봤다. 저 차가운 파란 눈으로. 그러면 마치 찬물을 맞은 기분이 들었다.

배신하고 싶은데.

상처 입고 싶은데.

자신이 『마녀』임을 알아차린 것은 2천 년 전이었다. 친구가 도적에게 습격받았고, 도와주려고 했지만 어떻게 할 틈도 없이 화살이 배에 꽂혀 관통해 버렸다. 도적을 괴멸시킨 후 친구를 안아 드니 이미 몸이 차가웠고 눈은 공허했다.

그때는 아직 살아 있었다.

하지만 친구의 차가운 몸과 친구가 죽어 버릴지도 모른다는 초조함에 카트린이 망연자실해 있는 동안, 친구는 품속에서 움직이지 않게 되었다.

가슴에 찾아온 것은 이제 돌이킬 수 없다는 절망과 죄책감.

그리고 기쁨이었다.

돌이킬 수 없게 된 것은 카트린도 마찬가지였다. 그 후로 줄곧 사람을 배신했다. 착한 사람이라는 가면을 써서 자신을 속이고, 타인을 속이고 기쁨을 느꼈다.

그러니 미제리아를 죽이겠다. 속일 수 없는 인간은 죽여야 한다.

카트린은 양손을 교차시켰다. 손바닥에 떠 있던 두 〈마법〉이 〈인형귀〉를 향해 사출되었다.

로그는 전력으로 달리고 있었다. 전방에서 크로노스의 발소리가 들렸다. 그것을 쫓아 계속 달렸다.

자신이 지금 창고의 어디쯤 있는지는 한참 전에 알 수 없어졌다.

'너무 넓다고! 젠장!'

마음속으로 욕했다.

등 뒤에서 폭발음이 들렸다. 고개를 돌리니 멀리 회오리바람이 생겨나 있었다. 저쪽의 전투는 이미 시작된 모양이었다. 격렬한 폭발음이 연신 울렸다.

'정말로 같은 인간이 맞는 거야?!'

규모가 너무 달랐다. 마력이 제한된 것이 이 정도라니 믿기어려웠다.

그때 크로노스의 발소리가 갑자기 사라졌다. 로그는 당황하여 멈췄다. 컨테이너로 만들어진 통로를 둘러보았다. 보이는 범위에 크로노스는 없었다.

"술래잡기는 끝이냐!"

컨테이너 사이를 하나씩 확인하며 로그는 외쳤다.

「술래잡기?」라고 어딘가에서 크로노스의 목소리가 들렸다.

"처음부터 도망칠 생각은 없었어. 넌 여기서 죽일 거야. 거슬리는 마녀는 그 아이가 상대하고 있고."

"도망만 치고 있는 녀석이 이길 수 있을 것 같아?!"

로그는 일단 외쳤다. 크로노스가 분개하여 냉정함을 잃는다면 좋고, 무엇보다 되받아치지 않기에는 너무 화가 났다.

"이길 수 있을 것 같냐고? 어리석은 질문이네. 시간이 『역류』하고 있다는 걸 잊었어?"

퍼뜩 놀라서 자신의 팔을 보았다. 옷소매가 길어져 있었다. 아니, 자신이 작아지고 있는 건가. 몸을 의식하니 곧장 위화감이 느껴졌다. 시선이 낮아진 것 같았고 신발도 헐렁해진 것 같았다.

"자, 점점 작아질 거야. 나를 찾아내 봐."

"젠장! 어디 있는 거야!"

근처에 있는 건 틀림없다.

하지만 목소리만 들릴 뿐 모습이 보이지 않았다. 미제리아가 쏜 총에 맞았을 텐데, 지혈했는지 혈흔도 없었다.

컨테이너 사이를 뛰어다녔다. 그러는 동안에도 목소리가 들렸다.

"그쪽이 아니야~."

"어디 가는 거야. 아니라니까."

"서둘러, 서둘러~ 어서 찾지 못하면 소멸할 거야~."

크로노스의 목소리는 계속 로그를 따라다녔다. 뒤에 있나 싶으면 앞에서 소리가 났고 오른쪽에 있나 싶으면 왼쪽에서 불렀다.

이마에 땀이 맺혔다.

숨이 찼다. 상당히 힘들어졌다. 모퉁이를 왼쪽으로 돌려고 하는데 신발이 벗겨져 앞으로 날아갔다.

"하아…… 하아……."

로그는 거친 숨을 내쉬며 멈춰 섰다.

발의 크기가 신발과 맞지 않았다. 마치 거한이 신는 신발 같았다.

재킷도 커서 소매를 몇 번 접어야 팔이 나왔다.

'……상황이 안 좋아.'

간과할 수 없을 만큼 몸이 작아졌다.

생체 시간의 역류는 이렇게나 빠른 건가. 초조감에 머리가

3장 마녀의 목줄은 풀 수 없다 219

불탈 것 같았다. 하지만 크로노스는 분명 이곳에 있을 터다. 밖에 나가지는 않았다. 로그가 죽는 모습을 가까이서 보고 싶을 것이다.

"왜 그래? 포기했어?"

목소리가 왼쪽 모퉁이의 컨테이너에서 들렸다.

그곳에 있다. 하지만 로그는 움직이지 않았다.

어떤 생각이 들었다.

발소리가 사라진 것은. 숨기 위해 멈춰 선 게 아니라, 신발을 벗었기 때문이지 않을까.

로그는 가만히 귀를 기울였다.

옷 스치는 소리가 났다. 로그는 1밀리도 움직이지 않았는데.

'역시나! 녀석은 바로 근처에 있어!'

게다가 희미하지만 숨소리도 났다. 자갈을 밟는 소리도 들렸다. 둘 다 주의 깊게 듣지 않으면 알아차릴 수 없을 만큼 작았다. 계속 뛰어다녔다면 분명 절대 눈치채지 못했을 것이다.

자갈을 밟는 소리가 다가왔다.

자박자박.

―기다려. 아직이야.

로그는 다시 걷기 시작했다.

자박자박.

돌아보고 싶은 충동을 꾹 억누르고 걸었다.

―아직이야, 아직.

자갈을 밟는 소리가 변했다. 「자박자박」에서 「저벅저벅」으로.

─아직.

소리가 가까웠다. 크로노스의 숨소리까지 알 수 있었다.

뜨뜻미지근한 숨이 목에 닿았다.

그 순간, 로그는 재킷을 등 뒤로 던졌다. 재킷은 『투명』한 크로노스를 덮으며 공중에 떴고, 마치 보이지 않는 종이에 색을 칠하는 것처럼 크로노스의 모습이 나타났다.

"아니?! 〈투과〉를?!"

크로노스가 외쳤다.

로그는 온 힘을 다해 몸을 부딪쳤다. 크로노스가 뒤로 쓰러졌다. 로그는 장갑을 움켜쥐고 크로노스의 얼굴을 후려쳤다.

"뒈져 버려, 개자식아!"

말하면서 로그는 안도했다. 아슬아슬했다. 조금이라도 타이밍이 빗나갔다면 죽었을 것이다.

그 순간 한층 큰 폭발음이 들렸다. 창고 전체가 흔들리고 조명이 깨질 듯한 소리가 났다.

'미제리아는 무사한가?'

아니, 크로노스를 제압하는 게 최우선 사항이다. 수갑을 채우기 위해 크로노스의 손을 잡으려던 로그는 왼쪽 뺨에 충격을 느끼고 날아갔다.

'……무슨?!'

몸이 공중에 떴다.

낙법도 취하지 못하고 바닥에 등을 부딪쳤다. 일순 숨을 쉴 수 없었다.

크로노스가 일어서 있었다.

"아팠어…… 방금 그건."
크로노스가 피 섞인 가래를 뱉었다.
"입안이 찢어져 버렸어."
머리가 어지러웠다. 반격당한 건가.
로그는 크로노스가 걸어오는 것을 멍하니 바라보았다.
"믿을 수 없다는 모습이네. 하지만 당연하잖아. 지금 너는 돌멩이만 한 마력밖에 없어. 왜냐하면 몸이 어린아이로 돌아갔으니까."
옆에 있는 컨테이너에 기대 일어나려고 했다. 다리가 후들거려서 제대로 일어설 수 없었다.
크로노스가 나불나불 떠들었다.
"시간을 역류시켰다고 했잖아. 어린아이가 어른을 이길 수 있을 리 없어. 제대로 상상해야지."
등을 컨테이너에 바짝 붙이고서 어떻게든 일어나 주먹을 들었다. 다리는 여전히 후들거리고 있지만 강제로 떨림을 억눌렀다.
"이만 포기해. 결판은 났어."
"……다행이네. 네가 무적이 되는 마법 같은 걸 안 써서."

"무슨 소리야? 아직도 날 이길 수 있다고 생각해?"

"……그렇다고 한다면?"

크로노스가 두 팔을 벌리고 소리 높여 말했다.

"이길 수 있을 리가 없어. 포기해. 나는 『2대 귀족』 태생이야. 너와는 격이 달라. 나에게는 이루어야 할 사명이 있어. 나만이 세계를 바꿀 수 있어. 마녀의 시대를 재현하기 위해서도 여기서 멈춰 서 있을 수는 없—"

그 순간, 크로노스에게 달려들어 무방비한 높은 코에 주먹을 날렸다.

"어흑?!"

크로노스는 비틀거리며 코를 잡았다.

"우, 운 좋게 멋있는 척—"

말을 기다리지 않고 뛴 로그는 돌려차기로 크로노스의 관자 놀이를 가격했다. 휘청거린 크로노스는 이번에는 버티지 못하고 엉덩방아를 찧었다.

"어?! 아, 뭐, 뭐야, 이거?!"

이 몸 하나로 범죄자와 싸워 왔다. 때리고, 맞고, 마법의 타깃이 되면서도 로그는 살아남았다.

"마법을 너무 써서 머리까지 어린애가 됐나? 네 앞에 있는 건 수사관이야. 쫑알쫑알 떠들지 마."

로그는 말해 줬다.

"일어나, 개자식아. 네놈은 한 방으로 안 끝낼 거니까."

◇

　고열에 쇠가 엿가락처럼 녹아내리고 바람 칼날이 지면을 도려냈다. 카트린이 팔을 휘두를 때마다 마법의 궤도가 변화하여 미제리아를 쫓았다. 하지만 마치 마음을 읽기라도 한 것처럼 피했다. 거의 다 잡았다 싶으면 도망쳐 버렸다. 미제리아가 구르고, 점프하고, 컨테이너를 뛰어올라 공중에 떴을 때를 노려도 튀어 오른 잔해를 차서 가속, 〈소양〉은 안쪽으로 사라지며 미제리아의 뒷머리를 다소 태웠을 뿐이었다.

　—어째서?!

　토네이도 규모의 〈풍인〉을 분산시켜 미제리아에게 집결시켰다. 보이지 않는 칼날이 지향성을 가진 비처럼 쏟아졌다.

　미제리아는 일순 컨테이너 뒤쪽에 숨는가 싶더니 칼날의 비 사이를 뚫고 카트린에게 달려왔다. 예상치 못한 행동에 눈을 부릅떴다. 손에는 권총. 대략 조준하여 방아쇠를 당기는 게 보여서, 흩어져 있던 〈풍인〉의 일부를 전방에 전개, 발사된 **탄환은** 카트린에게 도달하지 못하고 엉뚱한 방향으로 날아갔다. 그때 이미 미제리아는 사라져 있었다.

　이거였다. 카트린이 결정적인 행동을 취하려고 할 때 미제리아는 준비해 둔 카운터를 발동시켰다. 그 탓에 공격에 애를 먹었다.

　'힘을 아낄 때가 아니네요.'

　카트린은 비장의 수단을 쓰기로 했다.

마력 출력을 아주 조금 높였다.

그 순간, 〈풍인〉과 〈소양〉의 화력이 기어를 변경한 것처럼 급속도로 올라갔다.

〈목줄〉의 규정 마력 한계에 거의 가까운 상태였다.

약간이라도 마력을 더 주입하면 〈목줄〉이 반응해 버릴 것이다. ……그렇게 되면 죽는다.

이렇게까지 할 필요는 없을지도 모른다.

하지만 불길한 예감이 들었다. 미제리아는 『계속 도망치고 있었다』. 노리고 있는 무언가가 있다는 생각을 지울 수 없었다.

'그게 실행되기 전에 정리하겠어요.'

양손을 짝 마주쳤다.

〈풍인〉이 〈소양〉을 휘감았다. 소형 태양이 된 〈소양〉을 셰이크했다. 극도로 거대한 열이 소용돌이치기 시작하며 점차 회전 속도를 높였다. 윙윙거리는 바람 소리에 청각이 버티지 못하게 된 찰나.

태양이 비산했다.

쇠도 녹이는 고온 덩어리가 풍속 105노트로 컨테이너에, 지면에, 창고에, 차례차례 구멍을 뚫었다. 카트린의 시야가 온통 빨갛게 물들어 나갔다.

카트린의 마력이 고갈되지 않는 한, 이 공격은 멈추지 않는다. 그리고 카트린의 마력은 절대 고갈되지 않는다.

바람 소리, 쇠가 녹는 소리, 대지가 부서지는 소리, 그것들을 들으며 한순간의 파괴에 취했다. 〈풍인〉과 〈소양〉의 합체기는 파괴력이 엄청나서 어쩌면 로그도 휘말렸을지도 모른다. 하지만 그건 그것대로 좋았다. 죄책감이 충족되니까.

철저한 파괴를 이어 간 지 30초가 지났다.

〈풍인〉과 〈소양〉의 출력을 서서히 줄였다. 자동차 운전과 마찬가지로 갑자기 정지시키면 에너지가 폭주하기 때문이다. 이윽고 손바닥에 뜬 두 마법은 각각 산들바람과 전구 수준의 출력이 되어 사라졌다.

카트린은 자신이 행한 파괴의 흔적을 보았다.

창고는 원형이 남아 있지 않았다.

카트린의 전방은 그곳만 믹서기로 간 것처럼 엉망이었고, 부서진 천장으로 밤하늘이 보였다.

"……끝났어."

중얼거렸다.

로그도 미제리아도 모두 사라져 버렸다.

자신이 없앴다.

기슴이 괴로웠다. 어지러워서 쓰러져 버릴 것 같았다.

'수사관! 수사관! 수사관!'

카트린은 옷 위로 자신의 가슴을 꽉 움켜쥐었다.

자신을 구해 줬을지도 모르는 그를 없애 버렸다.

"아아아아아……."

기쁨과 슬픔이 뒤섞여 카트린은 바닥에 주저앉았고 미제리아의 「좋은 꿈 꿨어?」라는 말에 눈을 떴다.

"어?"

미제리아의 파란 눈동자가 눈앞에 있었다.

"침 흘렸어."

미제리아는 그렇게 말하며 눈을 휘었다.

바로 입을 움직이려고 하자 자신의 의지와 달리 몸은 꿈쩍도 하지 않았다.

"어이쿠, 큰일 날 뻔했네. 네 마법은 위험하니 말이지. 마법을 쓴다는 『선택지』를 봉인해 뒀어."

창고 어디에도 파괴의 흔적은 없었다. 천장은 여전히 답답한 압박감을 줬고 물론 밤하늘은 보이지 않았다.

'무, 무슨 일이 일어나고 있는 거죠?!'

"「무, 무슨 일이 일어나고 있는 거죠?!」라. 타당한 의문이야."

"어?! 어떻게—."

"마음을 읽냐고? 그야 너의 정신에 접속해 있으니까. 지금까지 너는 꿈을 꾼 거야."

별일 아닌 것처럼 미제리아가 말했다.

접속? 말도 안 된다. 마법을 쓸 시간 따위 없었을 터다. 영창도 안 했고, 각인도 어디에도 없는데…….

"마법을 쓰려면 영창과 각인을 사용하는 게 일반적이지만,

다른 방법도 있긴 해. 요컨대 〈마법〉에 명령을 전하기만 하면 되는 거지."

미제리아가 덧붙였다.

"뭐, 굳이 밝힐 필요는 없지만 말해 주자면, 나는 〈정신지배〉^{도미네이트}를 쓰는 데 눈을 이용해."

미제리아는 자신의 눈을 가리키고서 카트린에게 얼굴을 쑥 내밀었다.

—확실히 〈풍인〉과 〈소양〉을 사용한 순간 눈이 마주쳤었다. 하지만 그런 걸로…….

"가능해. 너도 마녀잖아? 다른 사람이 못 하는 것도 마녀는 할 수 있어. 알지?"

미제리아의 눈에 빨려 들어가는 듯한 느낌이 들었다.

—무서워.

카트린의 모든 것을 들여다보고 있었다. 지배하고 있었다.

기쁘지도 슬프지도 않았다. 그저 무서웠다.

"너는 죄책감을 좋아하지? 그걸 위해서 좋아하는 사람을 죽일 수도 있지? 그럼 꿈속에서 마음껏 맛보도록 해."

쿵, 걷어차여 추락하는 기분이 들었다.

카트린은 깊은 어둠 속으로 떨어졌다.

◇

크로노스가 태클해 왔다. 로그는 현재 어린아이 모습이니 다소 타격 공격을 받더라도 제압해서 이길 수 있다고 생각하고 있을 것이다.

안일했다.

붙잡으려 드는 손을 뿌리치고 왼쪽 옆구리 아래를 지나면서 팔꿈치로 무릎을 눌렀다.

크로노스의 균형이 무너졌다. 뒤로 돌아든 로그는 콩팥을 때렸다. 찔렀다. 마구잡이로 날린 뒤로차기를 스텝으로 피하고 등에 하이킥을 먹였다.

"커헉!"

크로노스는 강제로 숨을 내뱉으며 몸을 젖혔다. 자세를 바로 잡은 로그는 이번엔 오금을 노렸다. 다리를 휘둘러 발등으로 크로노스의 오금을 때렸다. 무릎이 꺾이며 크로노스의 몸이 고꾸라졌다.

노렸던 상황이 되었다.

중심이 내려간 덕분에 머리가 노리기 쉬운 위치에 왔다.

크로노스의 머리카락을 왼손으로 잡고 머리카락이 뜯기든 말든 자신 쪽으로 잡아당겨 주저 없이 팔꿈치로 머리를 찍었다. 단단한 것과 단단한 것이 충돌하는 둔탁한 소리가 났다. 제대로 먹혔다는 느낌이 들었다. 한 번 더 팔꿈치를──.

"으아아아악!"

지금까지 보여 줬던 여유로운 태도를 내다 버린 크로노스가 소리를 지르며 난잡하게 팔을 휘둘렀다. 충분하지 않았나. 아니, 아니다. 몸이 더 작아져 있었다.

"아아아아악! 제기랄! 아아악!"

크로노스가 소리를 지르며 핏발 선 눈으로 로그를 보았다. 오케이, 아직 더 때릴 수 있다는 거다. 문제는 없다. 마법을 외우려고 하는 것을 리버 블로우로 막고, 스웨이, 스텝, 몸을 숙여 크게 휘두르는 발차기를 피했다. 빈틈이 생긴 것을 놓치지 않고 낭심을 가격했다.

"으아아아아아아아아!"

다리를 오므리고서 크로노스가 절규했다. 좋았어.

크로노스가 팔을 얼굴까지 들었다. 로그는 공격 목표를 변경하여 정강이를 걷어찼다. 다시 절규.

'……이걸로는 부족해. 아직 부족해.'

오른쪽 뺨에 훅을 맞히고 날아온 왼쪽 뺨을 또 때렸다.

'……이 정도로 끝낼 순 없어.'

때리고, 때렸다. 위력이 약해도 거듭되면 무시할 수 없다.

하지만 계속 때리다 보니 산소가 부족해 가슴이 폭발할 듯 괴로워졌다. 그래도 구타를 멈추지 않았다. 크로노스의 공격을 받고, 대처하고, 흘러 넘기고, 짬짬이 반격하며, 수먹이 까져도 피를 흘리면서 때렸다.

'……너는 절대 용서 못 해.'

당장에라도 쓰러질 것 같은데, 정신은 명료했다.

크로노스는 여기서 끝장내야 했다. 안 그러면『더 많이 죽는다』.

"으으으으으으오아아아아아!"

소리칠 산소가 어디에 있었는지 정신 차리고 보니 외치고 있었다.

크로노스는 아직 쓰러지지 않았다.

팔의 힘줄이 아파졌다. 그래도 때렸다.

크로노스는 아직 쓰러지지 않았다.

시야가 일그러지기 시작했다. 코에서 걸쭉한 액체가 흘러나왔다.

크로노스는 아직.

크로노스는——.

의식이 날아갈 것 같았지만 입술을 깨물어 각성시켰다. 중심을 하반신으로 이동. 왼쪽 다리를 축으로 오른쪽 다리를 가속. 발끝에 힘을 주고 힘껏 차올렸다.

획.

크로노스의 머리가 치켜들렸다. 턱이 위로 향하고 양손이 개헤엄을 치듯 허공을 휘저었다.

보인 장면은 거기까지였고, 로그는 뒤로 벌러덩 쓰러졌다. 힘이 전혀 들어가지 않았다. 잃어버린 산소를 얻기 위해 거친 호흡을 반복했다.

'……쓰러져!'

기도했다.

비틀거리는 소리가 들렸다.

탁, 탁탁, 불규칙적인 발소리.

'……이제 좀 쓰러지라고!'

휘청거리는 크로노스가 흐릿해진 시야에 잡혔다. 크로노스가 주먹을 쥐고서 로그를 보며 비척비척 다가왔다.

말도 안 돼.

몸은 움직이지 않았다. 반격은 불가능하다. 주먹이 점점 커져서 눈을 감으려고 했을 때, 주먹은 오른쪽으로 빗나가고 크로노스의 몸이 쓰러졌다. 크로노스는 로그를 스쳐 옆에 엎어졌다.

"……헉, 헉! 내가 해냈다고, 젠장!"

정신 나간 것처럼 소리를 지르고서 로그는 알아차렸다.

온몸에 피가 끈적하게 묻어서 문자 그대로 〈피투성이〉가 되어 있음을.

'설마 또 이렇게 될 줄이야.'

납처럼 무거운 몸을 일으켰다.

크로노스의 몸을 돌려서 천장을 보게 했다. 반듯한 얼굴은 무참하게 변해 있었다. 수갑을 채우고 입에 천을 감아 영창할 수 없게 했다.

"어~이, 로그 군~ 살아 있어~?"

그때 미제리아의 목소리가 들렸다. 이쪽으로 달려오고 있었다.

살펴보니 그렇게나 요란한 소리가 났었는데 몸에는 상처 하나 없었고, 왠지 후련해 보이는 표정을 짓고 있었다.

"……무사한가."

괜히 걱정했다.

이쪽은 온몸이 아픈데. 어쩔 수 없이 일어나 마주 보았다.

"로그 군, 그렇게 말할 건 없잖아. 그보다 다른 할 말이 있지 않아?"

미제리아가 실실 웃으며 자신의 귀에 손을 댔다.

탄식했다.

"……네 덕분이야."

"어? 내 덕분? 뭐가 내 덕분일까~? 난 모르겠네."

"……그러니까 그거 말이야."

"그거라니? 그게 뭔데?"

"아아, 젠장!"

로그는 외쳤다.

"구하러 와 줘서 고맙습니다! 당신은 생명의 은인입니다! 이제 됐습니까?!"

"마지못해 말한다는 느낌을 지울 수 없지만, 뭐, 좋아."

미제리아가 만족스럽다는 듯 고개를 끄덕였다.

"시끄러워. 난 이제 이것저것 한계라고. 봐, 이렇게 작아졌어."

"흐응, 이미지 변신이라도 한 줄 알았어."

"패 버린다."

"농담이야. 자, 네 목숨이 다하기 전에 마법을 풀기로 할까."

"풀 수 있어?!"

"내가 누군지 몰라? 물 끓이는 것보다도 간단해. 150개 정도 방법을 생각해 뒀어."

"……그건 거짓말이겠지."

"거짓말이지만, 방법이 있는 건 진짜야. 자, 그 녀석의 머리를 들어 줘."

크로노스를 말하는 건가. 로그는 크로노스의 머리를 들었다. 현재 몸으로는 그 정도 작업조차 상당히 무겁게 느껴졌다.

"〈정신지배〉를 걸 거야. 그래서 이자가 직접 로그 군에게 다시 마법을 걸게 하는 거지. 시간의 흐름을 역회전시켜서 딱 좋은 나이에 멈추면 해결이야."

로그는 중얼거리듯 말했다.

"……그런가. 정말 살 수 있는 건가."

"뭐야? 안 기뻐?"

"안 기쁠 리가 없잖아. ……하지만 조금 더 빨리 이 녀석을 잡았다면 희생자도 줄었을지 모른다고 생각하면……."

미제리아가 눈을 감고 한숨을 쉬었다. 긴긴 한숨이었다.

"어렴풋이 눈치채고 있었지만, 너, 속에 쌓아 두는 타입이구나? 진짜 귀찮은 성격이야."

"……다른 사람도 이 정도 생각은 해."

"너는 중요한 순간에 그런 말을 하니까 문제인 거야! 나를 보고 배우도록! 늘 발산하고 있잖아! 뭔 말인지 알겠어?"

미제리아가 로그의 코를 검지로 꾹꾹 눌렀다.

"……미안."

순순히 그렇게 말하자 미제리아는 다시 한숨을 쉬었다.

"뭐, 좋아. 그보다 서두르자. 네 시간은 이제 거의 안 남아 있어."

그 말을 듣고 깨달았다. 크로노스를 쓰러뜨렸을 때보다도 몸이 더 작아져 있었다.

'위험한데.'

황급히 크로노스 곁으로 달려간 로그는 굳었다.

이건 뭐지?

크로노스의 옷 속에서 뭔가가 꿈틀거리고 있었다. 마치 뱀이 기어다니고 있는 것처럼 옷이 불룩 솟아 형태를 바꾸고 있었다. 하지만 크로노스는 여전히 잠든 채였다.

"이 자식……! 아직도 뭔가를 준비해 뒀던 건가."

"아니, 틀렸어."

늘 표표하게 굴던 미제리아의 음성이 딱딱했다.

"이건…… 아마 마법을 제어하지 못하고 있는 걸 거야. 멋대로 폭주하고 있는 상태야."

"그런 일이 일어나?!"

의식이 없으면 마법은 발동할 수가 없다. 지령을 전할 수 없기 때문이다. 각인법은 시차를 두고 발동시킬 수 있지만, 크로노스가 각인을 새길 시간은 없었을 터.

"기밀 마법은 알려지지 않은 부분이 더 많아. 의식을 잃어서 제어할 수 없게 되면 『마법 자신』이 멋대로 효과를 발동하는 걸 지도 몰라. 이제 무슨 일이 벌어질지 나도 알 수 없어."

미제리아가 말했고.

"아무튼 서둘러야 해."

크로노스의 눈꺼풀을 억지로 올려서 파란 눈으로 들여다보 았다.

"〈정신지—."

미제리아가 날아갔다. 돌멩이처럼 가볍게 날아가 몇 미터 앞 지면에 내동댕이쳐졌다.

"윽!"

"미제리아!"

크로노스가 중력을 무시한 움직임으로 스르르 일어났다. 얼 굴에 감아 뒀던 천이 먼지로 변하고 수갑이 혼자 허물어졌다.

"■■■■■■■."

이해할 수 없는 말을 하며 크로노스는 주변을 둘러보았다. 몸은 검은 연기에 휩싸였고, 그 연기 속에서 뱀 같은 것이 움직 이고 있는 것이 보였다. 하지만 무엇보다도 이상한 것은 머리 였다.

크로노스의 얼굴은 노화와 회춘을 반복하고 있었다.

수축과 확대, 뽀얗고 포동포동한 갓난아기의 얼굴이 되었다가, 깊게 주름진 노인의 얼굴이 되고, 곧장 싱그러운 소년의 얼굴로 변화한 후 원래의 청년 얼굴이 나타났다. 마치 동영상의 재생 바를 조작하듯 과거 현재 미래의 크로노스의 얼굴이 떠올랐다.

─이게 바로 〈시간조작〉이 폭주한 결과인가.

"■■■■■."

노인 크로노스가 영창했다.

크로노스의 눈이 번쩍이자 무지개색 빛이 방출되며 천장에 구멍이 뚫렸다. 빛은 하늘까지 날아가 폭죽처럼 폭발했다.

엉뚱한 방향으로 방출됐지만 무시무시한 위력이었다.

로그는 미제리아에게 달려가 그녀의 몸을 일으켰다.

"괜찮아?!"

"괜찮긴 한데. 나쁜 소식이 있어."

로그에게 부축받으며 미제리아가 일어났다.

"〈정신지배〉가 실패했어. 저자의 정신은 〈시간조작〉에 얽매여 있어서 손댈 수가 없어."

그 얼굴은 창백했다.

로그는 물었다.

"진짜 괜찮아?"

"마법이 저항에 부딪히면 이렇게 돼. 훗, 5백 년 만에 겪었어."

여유로워 보이는 태도에 로그는 감을 잡았다.

"……작전이 있는 거야?"

"구멍에 맞는 열쇠를 넣어야 문이 열리는 법이지. 그렇다면 다른 마법으로 접근하면 돼."

미제리아가 휘파람을 불었다.

그러자 예의 그 이해할 수 없는 언어와 함께 눈보라가 컨테이너 하나를 통째로 날렸다.

"보다시피 저자는 무차별 공격 중이야. 어딜 보고 있는지도 알 수 없고, 다가가는 건 위험해. 하지만 그렇다면 공격할 방향을 정해 주면 돼."

"미끼가 되라는 건가."

"맞아. 나는 뒤쪽으로 가겠어. 너는 정면에서 주의를 끌어 줘."

"알았어. ……죽지 마!"

"내가 누군지 몰라? 1200년을 살아남은—."

고개를 마구 돌리던 크로노스가 이쪽을 보았다. 끼기긱 고개를 기울이고, 태아에서 청년으로 변화하여 입을 열었다.

"■■■—."

"뛰어!"

로그는 오른쪽으로, 미제리아는 왼쪽으로 뛰었다. 두 사람이 있던 곳을 열선이 통과하며 지면에 탄 자국을 남겼다.

"어기다, 개사식아!"

로그는 잔해를 주워 크로노스에게 던졌다. 얼굴에 맞자 살이 처진 초로의 크로노스가 아픈 듯 한쪽 눈을 감았다.

"잠이 덜 깼어?! 이쪽으로 와 보라고!"

크로노스의 얼굴이 분노로 물들었다.

조금 전까지 신중하게 움직이던 크로노스가 로그에게 달려왔다. 얼굴의 시간이 왔다 갔다 바뀌었지만, 모든 나이대의 얼굴이 로그를 노려보고 있었다.

"젠장! 노린 대로 움직여 줘서 정말 고맙다!"

말하면서 전력으로 달렸다.

등 뒤에서 영창하는 것이 들려 즉시 앞으로 구르자 보라색 액체가 위쪽에 휘둘려지는 것이 보였다. 머리 위를 지나간 액체가 컨테이너에 닿자 치이익 소리를 내며 쇠가 녹아내렸다.

다시 일어서서 다리를 움직였다.

크로노스와의 거리가 가까워졌다.

역시 키가 작아진 만큼 뛰는 속도도 떨어져 있었다. 반면 상대방의 몸은 성인이었다. 너무 불리했다. 이대로 가면 시간을 벌기 전에 로그가 죽는다.

"■■■."

크로노스가 영창했다. 가슴 앞에 검은 구가 나타났다. 노리는 곳을 예측해 봤다. 어디지? 위쪽, 왼쪽, 오른쪽—.

전부 아니었다.

둥실.

몸이 떠올랐다. 검은 구를 중심으로 마치 그곳에 인력이 있는 것처럼 빨려 들어가고 있었다. 발이 지면에 닿지 않아 몸이 빙글빙글 도는 가운데, 로그는 아슬아슬하게 컨테이너의 가장자리를 잡았다. 손가락 마디에서 뚜둑 소리가 났다.

엄청난 흡인력에 팔이 떨어질 것 같았다.

컨테이너에 들어 있던 폐자재 같은 것이 날아갔다. 그것은 검은 구에 닿자 프레스기로 누른 것처럼 단숨에 찌그러졌다.

무거운 금속이 끌리는 소리가 났다. 로그가 잡고 있는 컨테이너가 움직이고 있었다. 크로노스의 비정상적인 모습이 점점 가까워졌다.

크로노스 근처에 있는 컨테이너가 주사위처럼 통통 튀며 굴러가는 것이 보였다. 인간보다 부피가 몇 배는 큰 그것은 순식간에 콰직! 손바닥만 한 크기로 압축되었다. 얼마나 큰 힘을 가해야 가능한 걸까.

식은땀을 느낄 여유도 없었다.

크로노스와 주먹다짐을 하느라 체력을 소모한 데다가 어린아이의 완력이었다. 『떨어지는』 것은 시간문제였다.

'미제리아는 아직인가!'

그때, 고속으로 뭔가가 크로노스에게 돌격했다. 그것이 검은 구에 닿는가 싶더니 대기가 진동하며 충격파가 일어났다. 로그는 나뭇잎처럼 날아갔다.

바닥에 몇 번이나 부딪치고 오른팔이 격하게 쓸린 후에야 겨우 멈췄다.

어느새 흡인은 멎어 있었다.

"도와야 해, 버려야 해, 도와야 해, 버려야 해……"

카트린이 크로노스의 머리를 밟고 있었다.

하지만 모습이 이상했다.

양손으로 머리를 감싸고 도리질을 치듯 고개를 좌우로 흔들고 있었다. 중얼거리는 소리가 여기까지 들렸다.

"카트린이야……?"

"아, 수사관."

카트린이 방금 막 알아차린 듯 돌아보았다. 입술을 파르르 떨며 눈물을 뚝뚝 흘리기 시작했다.

"수사관이다아…… 수사관…… 도와야 해……."

"어이!"

로그는 외쳤다.

크로노스가 영창하고 있었기 때문이다. 카트린의 발밑에서 빛이 번쩍였다.

"어흑!"

카트린이 비틀거리며 목을 잡았다. 구멍이 뚫려 있었다.

크로노스가 스르르 일어났다. 갓난아기의 얼굴로 카트린을 바라보고 있었다. 카트린은 개의치 않고서 로그 쪽으로 비틀비틀 걸어왔고.

"수사관…… 지금 도와드릴게요……."

그리고 쓰러졌다.

"카트린!"

크로노스가 마치 보복하듯 그녀를 밟고서 지나갔다.

눈 깜짝할 사이에 휙휙 바뀌는 크로노스의 얼굴은 웃고 있었다.

의식 따위 없을 텐데, 아주 활짝.

순식간에 온몸이 뜨거워졌다.

생체 시간의 역류가 진행되어 이제 크로노스는 산처럼 크게 보였다. 짧은 손발은 서 있는 게 고작이었다.

그래도 최대한의 분노를 담아 노려보았다. 큰 손이 뻗어 나와 목을 움켜잡고 들어 올려도 계속 노려보았다.

크로노스의 입이 열리며 소름 끼치는 언어를 외웠다.

"■■■."

영창이 끝나자 크로노스의 눈이 빛나기 시작했다. 카트린을 쏜 것과 같은 빛이었다. 광량이 압축되어 빛이 발사되려고 했을 때.

"장난은 여기까지야."

미제리아가 크로노스의 뒤통수에 손을 얹었다.

"〈기억해독〉."

"이이이이이이이이아아아아아아아아아아아아아아아아!"

크로노스가 귀청이 찢어질 듯한 비명을 질렀다. 그 순간, 목에서 손이 떨어지며 바닥에 등을 부딪쳤다. 아파서 끙끙거리고 있으니 미제리아의 목소리가 들렸다.

"흠, 변변찮은 것들만 모아 뒀네. 청소해 줄 테니 고마워하도록 해."

그 마법이었다. 잭 놀에게 쓰려고 했었던, 기억을 읽는 마법. 그 부작용은…… 읽을 때 기억이 섞여서 망가지는 것.

어둠 속에서 보물을 찾은 것처럼 「〈시간조작〉은 이건가?」라고 미제리아가 말했다.

"흐응~ 그렇구나……."

혼자서 고개를 주억거리고 덧붙였다.

"좋아, 이해했어!"

로그는 그 모습을 말없이 보고 있었다. 긴장을 풀면 잠들어 버릴 것 같았다. 몸은 이미 유아가 되어 있었다. 사고도 혼탁해서 두서없는 생각들이 잇따라 떠올랐다. 과거의 체험은 불투명 유리 너머로 보는 것처럼 기억해 내기 어려워졌다. 분명 곧 있으면 『소멸』해 버릴 것이다.

"안심해. 너는 살 거야."

한마디도 하지 않았는데 미제리아가 말했다.

눈꺼풀이 몹시 무거웠다. 안심? 그거 좋네.

미소를 만들려고 하자 급속도로 의식이 아득해졌다. 이번에는 버틸 수 없을 것 같았다. 의식이 완전히 날아가기 전에 미제리아가 미소 짓는 것이 보였다. 변함없이 얼굴만큼은 예뻤다. 이게 죽기 전에 마지막으로 보는 광경이라면, 뭐, 나쁘지 않을지도 모른다.

잠들어 버린 로그를 보고 미제리아는 중얼거렸다.

"용서해, 로그 군."

그리고서 로그의 머리를 한 번 쓰다듬고 영창했다.

"■■■■■■."

◇

얼굴에 열기를 느끼고 살짝 눈을 떴다. 자신이 어디 있는지 알 수 없었지만, 곧장 떠올렸다. 그러나 주위의 모습은 로그가 의식을 잃기 전과 매우 달라져 있었다.

천장까지 닿을 기세로 불기둥이 치솟아 있었다. 컨테이너의 절반 이상이 이미 불타고 있었다.

크로노스의 함정에 걸렸을 때와 비교도 되지 않는 규모였다. 타기 쉬운 소재라도 보관하고 있었는지, 이렇게 보고 있는 동안에도 불길이 거세졌다.

'맞다! 내 몸은 어떻게 됐지…….'

팔을 뻗어 봤다. 적당한 근육이 있었고 힘을 주자 알통이 생겼다.

다리도 보았다. 유아의 다리로는 보이지 않았다. 자신의 원래 다리다.

로그는 안도했다. 일단 몸의 역류는 멈추고 정상적인 나이로 돌아온 듯했다.

아니, 안심하고 있을 때는 아니었다. 상황을 파악해야 했다.

크로노스가 무릎 꿇은 채 고개를 숙이고 있었다. 넋이 나간 얼굴로 입에서 침을 흘리고 있었다. 뒤에는 카트린이 눕혀져 있었다. 목에 손수건이 감겨 있었다. 감아준 사람은 미제리아인가. 하지만 정작 그 미제리아가 보이지 않아서 일어나 주위를 둘러보았다.

바로 찾았다.

미제리아는 컨테이너의 그늘이 진 곳에서 발을 뻗고 앉아 있었다.

"무슨 일이 있었던 거야?!"

미제리아가 로그 쪽으로 고개를 기울였다.

"크로노스가 마음대로 날뛴 탓에 어딘가에서 불이 붙은 모양이야. 너희를 돌보고 나니까 이 모양이더라."

"그것참 고맙네!"

로그는 말했다.

"불을 끄려고 시도는 했었어. 마력 제한이 없었다면 어떻게든 됐을 텐데."

"말해 봤자 별수 없지. 이렇게 된 이상 벽이라도 부숴서 도망칠 수밖에 없어."

"흠, 그렇게 해 줘, 로그 군."

"뭘 남의 일처럼 말하는 거야. 가자."

로그는 발길을 돌렸다. 하지만 따라오는 소리가 들리지 않았다.

"뭐 해?"

처음 만났을 때처럼 에스코트라도 하라는 건가. 뭐, 목숨을 빚졌으니 거절할 수는 없다. 로그는 뒤돌아 미제리아에게 손을 내밀었다. 내민 손을 미제리아는 잡지 않았다.

"왜 그래? 안 일어나?"

"안 일어난다기보다는 못 일어나는 거지. 뭐, 나는 신경 쓰지 말고 먼저 가."

"무슨 바보 같은 소릴 하는 거야. 잔말 말고─."

로그는 그것을 보고 멈췄다.

미제리아의 몸 오른쪽 절반이 무너져 있었다.

정말로 아무것도 없었다.

발도 다리도 사라져서, 왼쪽에서 보면 완전히 멀쩡한데 오른쪽에서 보면 마치 혈액이 모래로 만들어진 것처럼 몸의 단면에서 입자가 흩날리고 있었다.

이 상태로 살아 있다니 믿을 수 없었다.

"뭐, 뭐가 어떻게 된 거야."

"아아, 이거."

미제리아가 마치 머리를 살짝 커트했다고 말하듯 가벼운 어조로 말했다.

"〈정신지배〉가 저항에 부딪힌 영향이야. 이야~ 〈시간조작〉은 무시무시한 마법이야. 몸이 화석화되고 있어."

"아, 아니, 너 아무렇지도 않은 거 아니었어?! 어째서 이런?!"

"아무렇지도 않은 건 아니었지. 내장부터 순서대로 화석화되었기에 버티기 힘들었어."

'그래서 얼굴이 창백했던 건가?!'

그렇다고 해도…….

"왜 말 안 했던 거야?!"

도울 수 있었을지도 모르는데.

미제리아가 픽 웃었다.

"그 장면에서 말할 수 있을 리가 없잖아. 그리고 로그 군은 이걸 치유할 수 있어? 못 하지? 뭐, 나도 못 해서 이렇게 된 거지만."

농담이었으면 했다. 늘 그랬듯이.

"……어떻게 해야 해?"

"어떻게도 할 수 없어. 로그 군이 할 수 있는 일은 거기 있는 두 사람을 데리고서 탈출하는 거야."

미제리아가 저쪽으로 가라고 손짓했다.

로그는 우두커니 섰다. 나리는 조금도 움직이지 않았다.

"하지만…… 하지만……."

"혹시 날 동정하는 거야?"

미제리아가 한쪽 눈썹을 치켜올렸다.

"그건 잘못됐어. 나는 마녀고, 연쇄 살인귀고, 너의 전임자도 수두룩하게 죽였어. 몸이 무너지며 죽어 가는 건, 뭐…… 악인이 죽는 방식으로서는 그럭저럭 괜찮은 편이지. 방해하지 말았으면 해."

"하지 마……. 그런 말 하지 마……."

"아니, 할 거야. 네가 냉큼 사라져 줄 때까지. 그래, 엘도에서 저질렀던 살인 얘기라도 할까. 그건 내가 생각하기에도 잘 풀렸었는데."

입을 연 미제리아가 말을 멈췄다.

로그는 눈을 문지르고서 고개를 숙였다.

"……나는 네가 살았으면 좋겠어……. 제발……."

미제리아는 입술을 삐뚜름하게 만들고서 콧방귀를 뀌었다.

"이것 참 곤란하네! 눈물 작전인가?"

"……그런 거 아니야. 나는 그저……."

"어린애의 수법이야! 그러고도 수사관 행세를 했던 거야?"

아무 말도 할 수 없었다. 말할 수가 없었다. 눈도 마주칠 수 없었다. 수사관 실격이라는 것은 뼈저리게 알고 있다. 그러나 미제리아를 두고 간다는 선택을 할 수 없었다. 마치 이성이 어딘가로 날아가 버린 것 같았다.

"너에 대한 평가를 고쳐야겠어. 넌 이 일을 즉각 그만둬야 해. 다음 직장은 빵집에나 취직하도록."

미제리아는 여기서 로그를 내쫓으려 하고 있었다. 그건 명백했다. 설득당하고 있는 쪽은 로그였고, 지금 당장이라도 탈출해야 했다. 그런데 이런 말을 꺼내고 있었다.

"……나는 네가 악인이란 생각이 안 들어."

미제리아는 일순 눈을 크게 떴다가 무마하듯 눈을 감았다. 그래도 입가는 참을 수 없다는 듯 떨리고 있었고, 윗입술로 아랫입술을 눌렀지만 결국에는 웃음을 터뜨렸다.

"하하하하하! 진짜 재미있는 녀석이구나, 로그 군은! 하하하~! 나를 웃겨 죽일 셈이야?!"

숨차게 웃자 몸에서 입자가 흘러내렸다. 로그는 저도 모르게 「아」 하고 말할 뻔했다. 그걸 눈치챘는지 미제리아는 긴 숨을 두세 번 내쉬어 몸을 진정시켰다.

"이리 와 줘."

미제리아가 미소 지으며 왼팔로 손짓했다.

무릎을 꿇어 눈높이를 맞추자 미제리아는 입을 열었다.

"슬퍼할 필요 없어. 너는 사건을 해결했어. 네 미래는 밝고, 일상은 계속될 거야. 아무 문제 없어."

입자를 흩뿌리며 미제리아가 로그의 어깨를 두드렸다.

"똑 부러지게 행동해, 수사관. 이래서는 내가 죽는 보람이 없잖아? 멋있는 모습을 보여 줘."

손끝이 무너져 내리면서도 그런 말을 했다.

자신이 죽는 것을 조금도 무서워하지 않는 것처럼 보였다.

"……나도 이런 건 처음이야."

"좋은 연습이 됐네. 터프한 인간이 될 기회야."

"……."

"있지, 로그 군. 이런 상황에 말하기도 뭐하지만, 요 근래 정말 즐거웠어. 네 덕분이야. 이 나날이 끝난다는 것만이 유일한 미련이라고 할 수도 있을 것 같아."

"……울리려고 하지 마."

"이거 실례했어. 감동적인 이별이란 것을 해 보고 싶어져서."

"……지금 안 해도 되잖아."

"뭐, 하지만 진심이야. 고마워, 로그 군."

로그는 눈을 크게 떴다.

"거짓말 같은 거 안 해. 저번에도 말했잖아? 난 거짓말쟁이를 싫어해. 너에게는 고마워하고 있어. 이거면 됐어, 이거면."

미제리아는 깔깔 웃고 한쪽 눈을 감았다.

"정말 기분이 좋아."

창고가 터지는 소리도, 공기가 윙윙거리는 소리도, 아무것도 들리지 않게 되었다. 미제리아가 느리게 숨 쉬는 소리, 그저 그것만이 들렸다. 한 마녀가 죽어 가는 소리, 그것만이…….

결심해야 했다.

이미 흔적도 없이 사라져 버린 미제리아의 왼손을 잡으려다가 로그는 일어났다.

"……나는 널 두고 가기로 했어."

"음? 무슨 심경 변화지?"

미제리아가 능청스럽게 말했다.

"……그야, 오늘은 온갖 수난을 당해서 졸려졌으니까. 이만 돌아가서 자기로 했어."

"응, 그건 올바른 선택이야. 어린애는 집에 가서 이만 자려무나."

"그렇게."

"잘 자, 로그 군."

"잘 자…… 미제리아."

로그는 발길을 돌렸다. 크로노스와 누워 있는 카트린을 챙겨서 양쪽 옆구리에 끼웠다. 그때 등 뒤에서 목소리가 들렸다.

"로그 마카베스타의 미래에 행운이 있기를."

돌아보지 않고 달려 나갔다.

에필로그

벨라돈나가 지나치게 달콤한 향을 풍기며 로그의 뺨을 콕콕 찔렀다. 로그는 의자에 앉은 채 벨라돈나가 마음대로 하게 내버려뒀다.

"정말 괜찮겠어~?"

"네. 문제없습니다."

"아까워라~ 모처럼 관리관 자리를 준비해 뒀더니, 나한테 실례잖아."

책상 위에는 계약서가 있었다. 내용은 제6부서에서 계속 근무하고 싶다는 것이었다.

"너 몇 번이나 살해당할 뻔하지 않았어?"

"그랬죠."

"다음에도 살아남을 수 있을 거라고 장담할 순 없어. 지금이라면 아직 정정할 수 있는데."

벨라돈나의 어조에서 달콤함이 사라지고, 눈매는 날카로워지며, 국장이라는 지위에 걸맞은 분위기가 되었다.

"상관없습니다. 그리고 저 말고 다른 사람이 가서 쓸데없이 인재를 낭비하고 싶지는 않으시잖아요."

벨라돈나는 조금 놀란 듯 말했다.

"어머, 자신 있는 거구나."

로그는 어깨를 으쓱였다.

벨라돈나는 계약서 옆에 있던 다른 서류를 집어 들었다.

"이쪽도 승인을 얻었구나."

"네. 잔류해도 좋다고 합니다."

"흐응, 국외 추방이라고는 해도 해방될 기회인데 말이야~ 2대 귀족은 잔뜩 예민해져 있고, 다시는 사면 따위 없을 거야."

2대 귀족은 크로노스 사건으로 내부 항쟁이 격화된 것 같았다. 일반 수사관들 사이에서도 은근하게 소문이 돌고 있을 정도였다.

"마녀는 무슨 생각을 하는지 잘 모르겠단 말이지~."

벨라돈나가 말했다.

로그도 그렇게 생각했다.

그 후 몇 가지 절차를 마치고 국장실에서 나왔다.

승강기에 올라타 1층 버튼을 누르고 벽에 등을 기댔다. 로그 말고 다른 사람은 없었다. 유리로 된 벽 너머로 이레일의 시끌 벅적한 거리가 보였다. 그물코 같은 도로에 적혈구처럼 차가 끊임없이 달렸고, 침봉 같은 빌딩들은 정오의 햇빛을 받아 존재를 주장하듯 반짝이고 있었다.

빛이 눈을 찔러서 왼팔로 차양을 만들었다. 그러면서 셔츠의 소매가 흘러내려 왼쪽 손목에 낀 검은 초커가 노출되었다.

그건 〈목줄〉이었다.

〈탈명자 사건〉으로부터 2주가 지났다.

크로노스가 소유했던 창고에서는 미제리아의 〈목줄〉과 옷 조각만 발견되었다. 나머지는 전부 불타 있었다.

감식팀이 전부 회수한 후 로그는 감식팀에 『억지』를 부려서 〈목줄〉만 받았다. 왜 그랬는지 자신도 이해할 수 없었지만 감상적인 기분이었던 걸지도 모른다. 누군가에게 보여 줄 마음은 없기에 평소에는 셔츠 소매로 가리고 있었다.

〈기억해독〉을 당한 크로노스가 그 후 어떻게 됐는지는 불명이었다. 2대 귀족이 정보를 통제하고 있었다. 하지만 최후에 본 녀석의 상태는 도저히 정상 같지 않았다.

'……인과응보인가.'

죄에 대한 벌…… 그것은 모든 인간이 받는 걸까.

1층에 도착했다. 시답잖은 생각을 했다며 머리를 가볍게 흔들어 사고를 떨쳐 내고 엔트런스로 나갔다. 모든 악인이 반드시 벌을 받지는 않는다.

주차장에 가니 차 앞에 한 소녀가 서 있었다. 살짝 아래를 보고 있던 눈이 로그를 알아차린 순간 빛났다.

"어서 오세요, 수사관!"

카트린이 말했다.

"어서 오라고 할 만큼 오래 떨어져 있지도 않았잖아."

"하지만 막판에 역시 제6부서에서 나가겠다고 할 수도 있었 잖아요. 그 왜, 그……."

카트린이 말하기 껄끄러운 듯 시선을 피했다.

"알고 있다면 자중해 줬으면 좋겠어."

"아하하……."

카트린이 쓴웃음을 지었다.

폭탄을 안고 가게 됐다고 로그는 생각했다. 카트린의 배신을 벨라돈나에게 보고하지 않은 것은 로그 자신이지만…….

차에 올라탔다. 카트린에게는 걱정돼서 운전을 맡길 수 없기에 직접 운전했다.

카트린은 로그 옆에서 안절부절못하며 손을 꼼지락거렸다.

분명 그날 밤을 떠올리고 있을 것이다.

창고에서 탈출한 직후였다.

로그의 품속에서 갑자기 카트린이 깨어났다. 그리고 피 섞인 기침을 했다.

"수, 수사관……."

"기다려! 금방 병원에 도착하니까!"

"여, 여기에 두고 가 주세요……. 병원이라니……. 저는 죽어야 해요……."

애원하듯 카트린은 말했다.

"……저는 살아 있는 한, 누군가를 배신하지 않고는 못 배겨요……. 하지만, 하지만, 더는 아무도 배신하고 싶지 않아요……. 부탁이에요…… 제발 저를 죽게 해 주세요."

"싫어."

로그는 즉답했다.

"어째서……죠? ……어째서 죽지 못하게 하는 거예요?"

"나는 너의 자살을 돕지 않을 거야. 살면서 반성해. 수사하려면 일손이 필요해. 도망치는 건 용납 못 해."

"치사해요…… 그렇게 말하는 건."

카트린이 울먹이는 소리를 내기 시작했다.

"……그러면 살 수밖에 없잖아요."

로그의 어깨를 꽉 잡았다.

"……저는 당신을 배신했다고요."

"덕분에 아주 험한 꼴을 당했어."

"……분명 또 배신할 거예요. 참을 거지만, 아마 못 참을 거예요."

"거참 달갑지 않은 일이네."

카트린은 시선만 올려 로그를 보았다.

"……어째서 용서해 주는 건가요."

용서한 건 아닌데, 그렇게 생각하며 대답했다.

"뭐…… 누군가 덕분이지. 너희 마녀가 어떻든 간에, 한동안은 그만둘 생각 없어."

카트린이 고개를 숙이고서 이를 가는 듯한 소리를 냈다.

"……무서운 일을 겪을 거예요. 그래도 괜찮겠어요?"

"그게 뭐 어쨌는데. 나는 마녀든 뭐든 최대한 이용하기로 했어. 상처가 나면 부지런히 일해 줘야겠어."

카트린은 그 말을 듣고 뭔가를 결심한 얼굴을 했다.

"……저, 수사관의 임종을 지키고 싶어요. 그때까지 당신을 돕겠어요."

농담 같은 말이었다. 하지만 카트린은 매우 진지해 보였다.

하지만 그건 말하자면 사기꾼이 앞으로 속일 상대에게 「사기 쳐도 될까요?」라고 묻는 것과 같았다. 카트린이 그걸 깨닫고 얼굴이 빨개져서 한동안 어색하게 군 것도 당연한 일이었다. 『임종을 지키고 싶다』 같은 부끄러운 소리를 하니까 그렇게 되는 거다.

차를 운전하길 15분, 제6부서가 가까워지자 단말에 메시지가 왔다. 벨라돈나가 보낸 메시지였다.

내용은 3구의 골프장에서 살인 사건이 발생. 유례없는 특수한 마법이 사용되었으므로 제6부서의 출동을 요청한다는 것이었다.

'이것 참, 쉴 시간은 없다는 건가.'

골프장을 안내해 준 것은 몸집이 작은 검은 머리 경관이었다. 신입인지 로그와 대화하는 목소리에 힘이 들어가 있었다.

"이쪽입니다!"

잔디밭 위에 이용객인 것 같은 남성이 누워 있었다.

"대관절 어떻게 이리된 것인지 저는 도통 모르겠습니다."

남성의 시신은 『골프장 일대』를 가득 채우고 있었다. 완전히 똑같이 생긴 인물이, 마치 완성된 직소 퍼즐처럼 정밀하게 나열되어 있었다.

'복제 마법을 썼나? 무슨 목적으로? 아니, 애초에 복제 마법은 생체를 복제할 수 없어. 그럼 이건 대체?'

얼굴을 찌푸리고 고민하는 로그에게 경관이 조심스럽게 말을 걸어왔다.

"저, 저기! 당신은 〈피투성이 로그〉라고 불리던……."

"어, 아마 맞을 거야."

그러고 보니 그렇게 불리기도 했었다.

"저!"

경관이 고개를 숙였다.

"팬입니다! 사인해 주세요!"

"허?"

로그는 어안이 벙벙해졌다.

"로그 수사관이 해결한 사건의 기사를 스크랩하고 있는데, 전부 솜씨가 훌륭해서, 저는 정말로 존경하고 있습니다!"

"그, 그래……."

경관은 사인지와 펜까지 가지고 있었다.

카트린 쪽을 힐끗 보니 대량의 시체를 보고 속이 안 좋아졌는지 감식관에게 화장실이 어디 있냐고 묻고 있었다. 카트린은 감식관과 함께 자리를 벗어났다. 다른 경관들도 시체에 번호를 매기기 위해 떨어진 곳에 있었다.

로그는 경관의 반짝거리는 눈빛에 졌다. 주변에 사람은 없는 것 같고 얼른 사인해 줘서 끝내 버리자.

"어쩔 수 없지."

그렇게 말하며 펜과 종이를 받았다. 펜의 뚜껑을 열고 자신의 이름을 썼을 때, 경관이 「저기, 그건…… 초커입니까?」라고 물으며 왼쪽 손목을 가리켰다.

셔츠의 소매 사이로 〈목줄〉이 보이고 있었다.

"아아…… 이거. 친구가 줬어."

"디자인이 귀엽네요."

적당히 고개를 끄덕이고서 다시 사인지로 시선을 되돌렸다.

"그러고 보니 이름은? 네 이름은 써 둘 건가?"

"아! 죄송합니다. 말씀드리는 걸 깜빡했습니다!"

시야 끄트머리에서 경관이 허둥지둥 머리를 숙이는 것이 보였다.

"저는 미제리아라고 합니다! 『미제리아 군에게. 일 열심히 해!』라고 적어 주시면 좋겠습니다!"

심장이 쿵 뛰었다.

"미제……리아?"

고개를 들었다.

"네! 그렇습니다!"

경관이 경찰모를 내던졌다. 그런 다음 머리카락을 잡더니 그것도 내던졌다. 가발 속에 눌려 있던 본래의 백은색 머리가 찰랑거리며 드러났다.

"왜 그러십니까? 로그 수사관!"

굳어 있는 로그 앞에서 경관이 컬러 렌즈를 뺐다. 파란 눈이 로그를 꿰뚫었다.

"손이 멈춰 있습니다! 다른 사람이 오기 전에 빨리 끝내 주셨으면 합니다."

경관의 음성이 확 바뀌었다. 청년에서 소녀의 목소리로…….

"아니면 이런 식으로 말해야 써 주는 건가? 로그 군?"

"……너는 죽었잖아."

"음? 울며 기뻐해 줄 줄 알았는데."

잠긴 목소리로 대답했다.

"……울진 않아."

"뭐어~? 내 〈목줄〉을 유품처럼 가지고 있으면서? 『친구가 줬어』라니, 그게 뭐야."

"……시끄러워."

"아니, 뭐. 나야 그렇게까지 생각해 줘서 기쁘지만."

미제리아는 깔깔 웃었다. 이 얄미움은 틀림없이 마녀 미제리 아였다.

로그는 힘이 빠져서 한숨을 쉬었다.

"……어떻게 된 건지 얘기는 들어야겠어."

"알겠어. 일단 전제로, 나는 한 번 죽었어. 온몸이 가루가 되어서 어떤 회복 마법도 의미가 없는 상태였지. 그럼 왜 이렇게 쌩쌩할까? 알겠어? 로그 군?"

미제리아가 말했다.

로그에게 꼭 추리를 시키고 싶은 듯했다.

'이 녀석은 확실히 그때 손쓰기엔 늦은 상태였어. 그 상태에서 완전히 소생시키려면…… 소생?'

그걸 깨달은 순간, 로그는 자기 자신에게 어이가 없어졌다. 어째서 그때 알아차리지 못했을까.

미제리아가 눈치채고 말했다.

"알아냈어?"

"그래. 〈시간조작〉을 자신의 몸에 새겼지? 그렇게 죽은 후에 너는 자신의 생체 시간을 역류시켜서 몸을 원래대로 되돌렸어."

로그는 사인지를 미제리아에게 척 내밀었다.

"아니야?"

"정답."

미제리아가 짝짝 박수를 쳤다. 짜증 날 만큼 예쁜 미소와 함께.

각인을 이용한 마법 행사는 영창과 달리 시차를 두고 마법을 발동할 수 있다. 〈마법〉에 보내는 명령을 미리 적어 두면 설령 자신이 죽더라도 발동에는 문제가 없다.

"왜 그래? 화났어?"

미제리아가 로그의 얼굴을 보고 말했다.

"시끄러워."

하지만 답을 낸 뒤로도 석연치 않았다. 뭔가가 마음에 걸렸다. 이를테면 왜 미제리아는 살아 있을 때 〈시간조작〉을 사용하지 않았는가. 〈시간조작〉으로 치유가 가능하다고 확신하고 있었다면 굳이 죽을 필요는 없었다. 그럼에도 불구하고 미제리아는 죽었다. 왜지.

미제리아는 미소 지으며 로그를 보고 있었다. 역시 아직 뭔가가 있다.

'목적이 있을 거야. 죽어야만 달성할 수 있는 목적이.'

답이 잡힐 듯 말 듯했다.

왼손으로 머리카락을 쓸어 올렸다. 그렇게 복잡한 목적도 아닐 거다. 단시간에 전할 수 있을 만한 것이 답일 것이다. 안 그러면 경관들이 돌아온다.

'간단한 것…… 미제리아가, 마녀가 바라는 건…….'

그때 왼팔이 눈에 들어왔다.

그 순간, 답을 알았다.

로그는 말했다.

"너 일부러 죽었지? 〈목줄〉을 풀기 위해."

"참 잘했어요."

미제리아는 못되게 웃었다.

생각해 보면 당연했다. 〈목줄〉은 죽기 전까지 풀리지 않는다. 그렇다면 풀기 위해선 죽을 수밖에 없다. 동기도 있다. 〈목줄〉이 자신의 능력과 자유를 뺏고 있으니 해방될 기회를 놓칠 리가 없지 않은가.

"그날 밤 나를 먼저 보내려고 한 건, 죽을 때 〈목줄〉이 풀리는 걸 못 보게 하려고 그런 건가?"

"똑똑하네. 맞아."

미제리아가 말했다.

"모처럼 〈목줄〉에서 주의를 돌렸는데, 눈앞에서 〈목줄〉이 풀리면 역시 목적이 뻔히 보이게 되니까."

로그가 미제리아를 구하려고 하는 것도 계산했던 건가. 애초에 언제부터 목줄을 풀 생각을 했을까. 배신당한 기분이라 목이, 혀가 바짝 말랐다.

역시 이 녀석은 마녀였다.

"……처음부터 그게 목적이었나."

"글쎄, 어떨까?"

"……거짓말 싫어하는 거 아니었어?"

"물론이지."

미제리아가 가벼운 발걸음으로 즐겁게 걸어갔다. 그리고 빙글 몸을 돌려 돌아보았다.

"너와 보낸 나날은 즐거웠어. 그래서 일부러 얼굴을 보여 주러 온 거야."

로그는 아무 말도 하지 않았다.

대신 한 걸음 내디뎠다. 미제리아가 도망칠 기색은 없었다.

"안 도망가?"

"안 잡을 건가?"

또다. 또 시험하고 있다.

아랫입술을 깨물고서 로그는 미제리아를 잡을 수 있는 거리까지 다가갔다.

"……〈인형귀〉 미제리아. 널 체포한다."

"그래."

미제리아가 간단히 양손을 앞으로 내밀었다. 어디서부터 어디까지 진심이지. 〈목줄〉에서 해방되는 것이 목적 아니었나? 머리가 아파졌다. 아아, 정말 이 녀석은…….

로그는 얼굴을 왼쪽으로 돌렸다. 그곳에는 시체가 펼쳐져 있었다. 마녀의 얼굴은 보이지 않았다.

"로그 군?"

곤혹스러워하는 목소리가 들렸다.

"도망치고 싶었던 거잖아. 내 마음이 바뀌기 전에 어딘가로 가 버려."

"아, 아니, 나는 좀 더 네가 고뇌하는 모습을 보여 줬으면 했는데…….”

“결정해 줬잖아. 얼른 가.”

미제리아의 당황한 목소리를 들으니 속이 시원했다.

이거면 됐다.

“……진짜 너는 착해 빠졌구나.”

그 말이 들린 순간, 턱을 잡혀 얼굴이 끌려가는가 싶더니 입술에 부드러운 것이 닿았다. 사고가 정지했다.

“이건 답례야.”

입술에서 그것이 떨어지자 미제리아의 얼굴이 코앞에 있었다. 긴 속눈썹까지 확실하게 보였다.

"후후. 재미있는 얼굴을 하고 있어."

미제리아가 턱에서 손을 뗐다.

"무, 무, 무슨 짓이야."

로그의 사고가 움직이기 시작했다.

"너, 너, 그렇게 쉽게—."

"딱히 상관없잖아. 감사를 표하는 김에 교육해 준 거야. 어리숙한 로그 군에게."

"교육이라니!"

시끄럽다는 듯 손으로 귀를 막으며 미제리아가 걷기 시작했다.

"네 미래가 걱정이야. 그래 가지고 잘할 수 있으려나."

"쓸데없는 참견이야!"

"아, 그래그래. 카트린은 조심해. 백만 번쯤 벌을 주긴 했는데, 꽤 뿌리가 깊으니까. 뭐, 해 줄 조언은 이 정도려나. 나머지는 너 혼자서 힘내."

"……기다려!"

미세리아가 나무 그늘에 들어갔다. 쫓아가려고 하자 얼굴만 내밀더니 수줍어하듯 웃었다.

"다음번엔 잡을 수 있으면 좋겠네. 기대할게."

그래—.

마녀에게 목줄은 채울 수 없다.

작가 후기

유메미 유리입니다.

이 작품의 아이디어를 떠올린 것은 『양들의 침묵』을 읽은 뒤였습니다. 한니발 렉터 박사 같은 무시무시한 인물과 함께 수사하면 스릴이 있어서 즐거울 것 같다 싶었죠. 5년 전의 얘기입니다.

스릴 있는 이야기를 좋아합니다. 호러 장르는 뭐든 읽습니다. 호러가 아니어도 읽습니다. 그래서 그런지 작품 내에 호러 같은 전개와 요소를 넣지 않으면 직성이 풀리지 않는 것 같습니다. 전격대상 수상까지 장편을 열네 개 썼는데 대체로 사람이 죽었습니다. 사람이 안 죽는 이야기는 세 개밖에 없었습니다. 이 결과를 보면 사람은 자신이 『좋아하는 것』으로부터 도망칠 수 없다는 것을 잘 알 수 있죠.

그런고로 이번 소설의 마녀들에게는 식인 몬스터 같은 역할을 줬습니다.

무섭고. 강하고. 멋있는······.

여하튼 그런 느낌의 소설을 쓰고 싶었습니다.

감옥에 있는 마녀들은 예외 없이 나쁜 짓을 했습니다. 그 말은 즉, 거대 아나콘다가 사람을 잡아먹는 게 당연한 것처럼 망설임이 없다는 겁니다. 로그 군의 목숨은 몇 번이나 위험에 노출됩니다. 하지만 그는 도망칠 수 없습니다. 수사관이라서 그렇기도 하고 그의 윤리관이 그걸 허락하지 않습니다. 무엇보다 주인공이므로 도망치면 곤란합니다. 작가가요. 끝까지 마녀들과 맞서 줘서 정말 다행이에요.

로그 군에게 감사!

담당 편집자 모리 님과 코바라 님. 긴 시간 함께 논의해 주셔서 정말 감사합니다. 일러스트레이터 와타 님. 퇴고가 늦어져서 죄송합니다. 전달받은 러프가 마음의 버팀목이 되었습니다. 가족들. 이로써 미련은 없다고 말하고 싶지만, 아직 있으므로 힘내겠습니다.

이 책을 구매해 주신 분들. 진심으로 감사드립니다. 이 이야기를 즐겁게 읽어 주셨다면 그보다 더한 기쁨은 없습니다.

마녀에게 목줄은 채울 수 없다 1

초판 1쇄 발행	2025년 12월 20일
지은이	유메미 유리
일러스트	와타
옮긴이	송재희
책임편집	김기준
디자인	윤가영, 이지희
책임마케팅	최혜령, 박지수, 도우리, 양지환, 박지빈
마케팅	콘텐츠 IP 사업본부
해외사업	한승빈, 박고은
경영지원	백선희, 권영환, 이기경, 최민선
제작	재영P&B
펴낸이	서현동
펴낸곳	㈜오팬하우스
출판등록	2024년 5월 16일 제2024-000141호
주소	서울특별시 강남구 테헤란로 419, 11층 (삼성동, 강남파이낸스플라자)
이메일	ofansnovel@naver.com

MAJO NI KUBIWA WA TSUKERARENAI Vol.1
©Yuri Yumemi 2024
Edited by 전격 문고
First published in Japan in 2024 by KADOKAWA CORPORATION, Tokyo.
Korean translation rights arranged with KADOKAWA CORPORATION, Tokyo
through TUTTLE-MORI AGENCY, INC., Tokyo.

ISBN	979-11-7577-083-6(04830)
ISBN	979-11-7577-082-9(세트)

오팬스노벨은 ㈜오팬하우스의 출판 브랜드입니다.

플레이어 네임 유우키, 17세.
스스로 말하기 좀 그렇지만,
살인 게임 전문가입니다.

제18회 MF문고J 라이트노벨 신인상《우수상》수상작
TV 애니메이션 제작 확정!

사망 유희로 밥을 먹는다.

우카이 유시 지음 | 네코메타루 일러스트

조금 특별한 이웃의 위장과 심장을 사로잡는
식욕 자극 러브 코미디!

제19회 MF문고 신인상 ≪우수상≫ 수상작

내 배덕한 밥을 조르지 않고는 못 배기는, 옆집의 톱 아이돌님

오이카와 키신 지음 | 히즈키 히구레 일러스트

"나를, 전부 네 마음대로 해도 돼."
유혹해 오는 사람은 첫사랑의 절친이었다.

한결같은 첫사랑과 저항할 수 없는 욕망, 그 사이에서 흔들리는 사랑 이야기 개막

좋아하는 애의 절친에게 은밀히 압박당하고 있다

츠치구루마 하지메 지음 | 오레아즈 일러스트

교사와 학생의
가깝고도 비밀스러운
청춘 러브 코미디!

너의 선생님이라도 히로인이 될 수 있을까?

하바 라쿠토 지음 | 시오 코우지 일러스트